Botho Strauß
Besucher

Drei Stücke

Carl Hanser Verlag

ISBN 3-446-15879-0
2. erweiterte Auflage 1989

Umschlag: Klaus Detjen unter Verwendung des Bildes
Besucher werden gebeten, sich einzutragen
von Alex Colville, 1954
Satz: Dörlemann Satz Lemförde
Druck und Bindung: May + Co Darmstadt
Printed in Germany

INHALT

BESUCHER
Komödie
7

DIE ZEIT
UND DAS ZIMMER
91

SIEBEN TÜREN
Bagatellen
151

ANHANG

Zwei zusätzliche Szenen
für die Stockholmer Fassung von
SIEBEN TÜREN
209

AUFFÜHRUNGSVERZEICHNIS
223

BESUCHER
Komödie

Personen

Maximilian Steinberg, Schauspieler
Karl Joseph, Schauspieler
Edna Gruber, Schauspielerin
Lena, eine reiche junge Frau
Volker, Regisseur
Pförtner
Redakteurin
Die Blinde
Barmann
Fotomodell
Fotograf
Junger Mann
Garderobenfrau
Mann im Foyer
Frau im Foyer
Wurfbudenmann
Max-Double
Mann mit Lautsprecher-Stab
Verschiedene Stimmen

I

Auf der Bühne stehen ungeordnet und zusammenhanglos verschiedene Dekorationsteile, die im Stück gebraucht werden. Vorn ein kleiner Tisch mit Lampe, an dem VOLKER *vor seinem Textbuch sitzt.* KARL JOSEPH *und* MAX *proben ihre erste Szene.*

MAX *tritt hinter dem rechten Portal hervor* Herr Professor Brückner?

KARL JOSEPH Ja – bitte?

MAX Ich weiß nicht, ob Sie sich noch an mich erinnern. Wir sind uns vor Jahren einmal bei den Donders in Marburg begegnet. Sie waren damals so freundlich, meine Frau und mich in Ihrem Wagen mitzunehmen.

KARL JOSEPH So? Ja. Entschuldigen Sie, ich bringe Sie im Augenblick nicht unter.

MAX Aber nein, ich bitte Sie. Sie sind es schließlich, an den man sich erinnert. An mich braucht sich niemand zu erinnern. Nehm's keinem übel.

KARL JOSEPH Was kann ich für Sie tun? ... Teichmann! Sie sind's! Was zum Teufel suchen Sie hier? *außer der Rolle* Näher! Kannst du nicht zwei Schritte näher kommen? So. Noch einen Schritt. Was willst du? Willst du mir eine Hausratsversicherung verkaufen oder was willst du?

MAX Ich will mich in Erinnerung bringen.

KARL JOSEPH Aha. Dann tu das, mein Junge. Ein Schauspieler sollte genau wissen, was er vorhat, wenn er auftritt. Zeig mir, was du spielen willst.

MAX Er ist schüchtern, der Mann.

KARL JOSEPH Schüchtern? Durchtrieben ist er. Ein Aas, ein Lumpenhund, ein verschlagener Kojote!

MAX Ich weiß nicht ...

KARL JOSEPH Was ist er, Volker?

VOLKER Schüchtern ... durchtrieben ... kann beides mitschwingen. Vorerst. Tipp es an, Max.

KARL JOSEPH Na dann. Mach's schüchtern und durchtrieben, von mir aus. Von beidem die gleiche Portion. Ich warne Sie: Sie spielen von Anfang an auf einen falschen Schluß zu.
Er dreht sich in die Ausgangsposition, mit dem Rücken zu MAX. *Stampft ungeduldig mit dem Fuß auf.* Na, komm! Komm!

MAX Herr Professor Brückner?

KARL JOSEPH Ja – bitte?

MAX Sie werden sich kaum an mich erinnern – *schnippt mit dem Finger* Text!

VOLKER Ich weiß nicht, ob Sie –

MAX Ich weiß nicht, ob Sie sich noch an mich erinnern können –

KARL JOSEPH Moment. So stehst du nicht vor mir. Nicht vor mir. Wenn du dastehst wie der Eisbär im Nachthemd, mein Junge, wirst du mich kennenlernen.

MAX Ich stehe jetzt im Grunde auch als der arme Teufel da, der ich bin im Stück.

KARL JOSEPH Worum geht's? Was ist deine Aufgabe? Du hast dafür zu sorgen, daß mein Brückner möglichst unnahbar erscheint. Aber wie stehst du da?

MAX Ich stehe noch ganz provisorisch da.

KARL JOSEPH Nicht wahr, ich sage immer, wenn ich einen König spiele, dann geschieht das nicht, indem ich mich besonders königlich gebärde, sondern indem sich die anderen vor mir verbeugen. Ich mache nicht viel, das wirst du schon bemerkt haben.

MAX Ja natürlich. Ich dachte nur, weil es doch später

heißt – an der Stelle, wo Sie sagen: ›Was ist das? Komm näher ...‹

KARL JOSEPH *spielt die Stelle* Was ist das? Laß sehen! Komm näher! Ein Mensch? Ich kann ihn nicht erkennen ... Was hast du getan, Kanaille? Feiger Bastard. Stell dich gerade hin! Sieh mir ins Gesicht!

MAX *spielt* Ich kann nicht stehen ...

KARL JOSEPH Dann leg dich auf den Boden. Wälz dich im Dreck, wo du hingehörst, du Wurm!

VOLKER Glückwunsch. Ideal.

KARL JOSEPH Na ja, so ähnlich. Nicht wahr, was hat der alte Wohlbrück zu uns gesagt: Kinder, man muß viel im Laden haben, um es sich leisten zu können, wenig im Schaufenster zu zeigen.

VOLKER Fangt ihr bitte noch einmal an?

MAX Herr Professor Brückner?

KARL JOSEPH Ja – bitte?

MAX Ich weiß nicht, ob Sie sich noch an mich erinnern können. Wir sind uns vor Jahren einmal bei den – Deltas in Marburg begegnet.

VOLKER Donders.

MAX Donders! Verfluchte Firma! Was sind das überhaupt für Idioten? Donders! Gibt's doch gar nicht, diesen debilen Namen!

KARL JOSEPH Darüber regt er sich nun auf. Jeden Abend, wenn Sie zur Vorstellung fahren, kommen Sie an einem großen Laden vorbei, da steht es in fetter Leuchtschrift: Erwin Bongers, Spirituosen.

VOLKER Donders, Herr Joseph.

KARL JOSEPH Bitte?

VOLKER Donders heißen die Leute im Text.

KARL JOSEPH Bongers, ja, Spirituosen. Das kann er natürlich nicht behalten. Aus einem ganz begreiflichen Grund. Wegen der Spirituosen. Da hat er etwas zu verdrängen.

MAX Herr Professor Brückner!

KARL JOSEPH Ja – bitte?

MAX Einen Augenblick noch ... *Er konzentriert sich.* Herr Professor Brückner?

KARL JOSEPH Ja – bitte?

MAX Ich weiß nicht, ob Sie sich noch an mich erinnern können –

VOLKER Ohne ›können‹.

MAX Wir sind uns vor Jahren einmal bei den Donders Donders Donders in Marburg begegnet. Sie waren damals so freundlich –

VOLKER Auf einer der Werbefeten der Firma ...

MAX Ich denke, der Satz ist gestrichen?

VOLKER Entschuldigung. Mein Fehler.

MAX Sie waren damals so freundlich, meine Frau und mich in Ihrem Wagen mitzunehmen.

KARL JOSEPH Nein nein nein. Sie machen etwas grundsätzlich falsch.

MAX Ich komme über diese Stelle nicht hinweg.

VOLKER Es ist der Anfang des Dramas!

MAX Eben. Ich komme nicht rein. Ich krieg die Tür nicht auf. Da liegt aber auch irgendwo ein Stolperstein begraben.

KARL JOSEPH Dann stolpern Sie rein ins Drama. Stolpern Sie einfach drauflos. Stehen Sie nur nicht so schlapp vor meinem Brückner herum. Paß auf: Weißt du, was du spielen willst?

MAX Ja natürlich. Ein Wrack, einen heruntergekommenen Zeitungsmenschen, einen Reporter, vom Suff gezeichnet, einen Menschen, der jeden Verrat begeht, um seine eigne Haut zu retten.

KARL JOSEPH Und was ist daran so schwierig?

MAX Fast alles.

KARL JOSEPH Du stehst dir selbst im Weg. Du atmest nicht richtig. Die Verspannung an deinem Körper ist mit Händen zu greifen. Sie breitet sich aus über die ganze Bühne, ein Riesenknoten, der wächst und wächst und immer größer wird. Hier, das Sonnengeflecht, das ist unser Zentrum. Unser heiliges Organ. Das Zwerchfell, da kommt alles her. Sprechen heißt Ausatmen. Paß auf, ich mach's dir vor. Stell dich dorthin. Dreh dich um. *Die Rolle von* MAX *improvisierend*

Herr Professor Brückner?

MAX Ja – bitte?

KARL JOSEPH Sie werden sich vermutlich nicht an mich erinnern. Wir sind uns vor Jahren bei Familie Bongers in Freiburg begegnet. Auf einem ihrer Gartenfeste. Sie erboten sich damals, meine Frau und mich in Ihrem Wagen mitzunehmen.

MAX So? Ja. Entschuldigen Sie, ich bringe Sie im Augenblick nicht unter –

KARL JOSEPH Macht nichts. Sie sind es, an den man sich erinnert. Weshalb sollte jemand sich meiner erinnern? Nein, ich nehm's keinem übel ... Merkst du's? Hast du's gemerkt?

MAX Nein ... ja ...

KARL JOSEPH Ich komme von links. Herz verdeckt. Ganz einfach. Alte Faustregel. Ich habe mich ein Leben lang daran gehalten. Wenn ich etwas zu verbergen habe, irgend etwas im Schilde führe, komme ich von links: Herzseite verdeckt vorm Publikum. Habe ich dagegen ein aufrichtiges Gefühl mitzuteilen, komme ich von rechts: Herzseite offen zum Publikum. Versuch's mal, du wirst sehen, es hilft.

VOLKER Unbedingt ausprobieren, Max. Du kommst von links. Herr Joseph steht rechts mit dem Rücken zu dir.

MAX Laß mal, ich schaff's schon von rechts. Daran liegt's nicht. Ich habe keine Mühe mit dem Auftritt, wirklich, ich führ nichts im Schilde. Ich schaff es schon. Mir fehlt bloß noch der Schuhlöffel. Ich komm schon rein. Moment. ›Ich weiß nicht, ob Sie sich noch an mich erinnern können . . .‹

VOLKER Nicht ›können‹.

MAX Ich weiß nicht, ob Sie sich noch an mich erinnern. Nein. Gehört mir noch nicht. Ich brauche noch ein bißchen Spielmaterial, Volker, ein paar Puffersätze.

KARL JOSEPH Er nimmt ja meine Ratschläge nicht an.

MAX Ich möchte den Mann nicht gleich ans Messer liefern. Ich möchte ihn undurchsichtig, halbwegs sympathisch lassen, solange es eben geht.

KARL JOSEPH Möchten. Möchten! Spielen Sie's doch. Hier ist das alte Theater. Hier brauchen Sie nichts Fertiges abzuliefern. Lassen Sie's entstehen. Probieren Sie's aus. *Zu* VOLKER Tun Sie mir die Liebe und scharren Sie nicht unentwegt mit den Füßen unter dem Tisch. Entweder Sie geben uns Anweisungen oder Sie unterdrücken sie – lautlos.

MAX Alle spielen in diesem Stück eine erhöhte, vergrößerte Person. Sie einen berühmten Wissenschaftler, einen Grenzüberschreiter, einen Pionier in seinem Zwielicht; die Kollegin Edna hat ihre pathetischen Arien – nur ich, ich soll genau der Typ sein, der ich bin. Das ist nicht lustig, wissen Sie.

Karl Joseph Der Reporter Teichmann ist eine sehr lohnende Aufgabe. Die farbige Nebenrolle. Das Große und das Kleine sind gleich schwer.

Max Ich sehe sie gar nicht so sehr als Nebenrolle...

Karl Joseph Ein Betrunkener auf der Bühne, nicht wahr, das ist eine sehr schwere Aufgabe. Ich erinnere mich genau, der große Werner Krauss sagte mir einmal: ›Wenn du einen Betrunkenen spielst, denk immer an einen Radrennfahrer.‹ Wieso? ›Na, probiers aus, frag nicht, probiers. Du wirst schon sehen.‹ Und tatsächlich zwanzig Jahre später, zwanzig Jahre, und plötzlich hatte ich's begriffen. Das war in ›Eines langen Tages Reise in die Nacht‹. James Tyrone, Sie wissen ja, ständig unter Strom. Und jeden Abend habe ich an den Radrennfahrer gedacht. Ich glaube, wenn ich das sagen darf, ich bin nie präziser gewesen, ich habe nie mit ähnlich gebändigter Kraft meinen Körper geführt. Was habe ich getan? Ich habe selbstverständlich nicht gelallt, ich bin nicht geschwankt wie ein Operettenkomiker. Sondern: Was habe ich getan? Ich habe mir etwas zu häufig am Hosenbein gezupft. Etwas zu häufig mit der Hand das Haar glatt gestrichen. Tja. Das war alles. So jemand versucht ja andauernd irgend etwas an sich in Ordnung zu bringen. Die kaum merklichen Übertreibungen, die winzigen Verzögerungen, die entscheiden über das Schicksal des Betrunkenen auf der Bühne.

Max Ehrlich gesagt, ich hatte von Anfang an einen ziemlichen Bammel, als ich hörte, ich bin besetzt in dem Stück, in dem Sie bei uns gastieren, ja, doch, ich schwör's Ihnen, ich bekam zeitweilig das große Fracksausen, ich dachte, das schaffst du nie, der drückt dich unters Polster, ich meine, ich hab mich natürlich auch riesig gefreut, daß ich überhaupt soweit komme, hier einmal neben Ihnen zu stehen –

KARL JOSEPH Synchronsprecher.

MAX Ich dachte immer, mein größtes Idol und ich auf derselben Bühne, das übertrifft die kühnsten Erwartungen, ein Wahnsinn ist das. Ich bin eben immer noch viel zu aufgeregt. Sie sind für mich ein Begriff seit meiner Schulzeit drüben, seit ich Westfernsehen kenne. Ihretwegen bin ich überhaupt zum Theater gegangen. Ich muß das jetzt geklärt wissen – haben Sie eben zu mir gesagt: ›Synchronsprecher‹ oder nicht?

KARL JOSEPH Ich habe nichts zu Ihnen gesagt. Wenn ich etwas gesagt habe, dann habe ich allenfalls vor mich hin gebrummt.

MAX Das ist doch ganz egal. Sie haben mich gemeint.

KARL JOSEPH Ich brumme nur für mich.

MAX Ich nehme an, Sie nennen sich nicht selber einen Synchronsprecher.

KARL JOSEPH Sie werden einem alten Mann gestatten, zu seiner Entspannung halblaute Bemerkungen zu machen.

MAX Ich weiß nicht, was raten Sie mir? Soll ich vielleicht frecher auftreten? Sie kennen das, vom Spielfeld ... Dies Brust-an-Brust. Dies Mit-abgestreckten-Armen-die Füße-in-den-Rasen-Stampfen, Nabel an Nabel mit dem Schiedsrichter, der die gelbe Karte hochreißt, und wenn er sich dreht, nicht von ihm lassen, sich straff und geballt mitdrehen, dies Auf-der-obersten-Grenze-des-Erlaubten-Drohen, dieser Tanz des Zorns auf dem Gipfel der Beherrschung –

KARL JOSEPH Du stellst jetzt etwas sehr Unwahrscheinliches dar.

MAX Ich habe Kraft genug, um mich für zwei Sekunden neben der Wahrscheinlichkeit aufzuhalten! ... *Er bricht ab.* Na ja, so ähnlich.

KARL JOSEPH Sie eingefallener Geburtstagskuchen! Wollen Sie mich verhöhnen? Neunzehnmal den Lear gespielt im vergangenen Monat, und nun diese lächerliche Tragödie eines Stümpers! Dafür fehlt mir der Nerv! *Zu* VOLKER Der Junge bekommt die Flügel nicht hoch. Sehen Sie das nicht? Sie blicken dauernd unter sich. Was suchen Sie da unten? Einfälle?

MAX Laß mal. Laß mich nur machen. ›Ich weiß nicht, ob Sie sich noch an mich erinnern –‹

KARL JOSEPH Treten Sie ab! Es wird nichts. Es wird nur schlimmer.

MAX Ich weiß nicht, ob Sie sich noch an mich erinnern –

KARL JOSEPH Aufhören! Schluß! Ich kann es nicht mehr mit ansehen! Lernen Sie einen vernünftigen Beruf!

MAX Ich weiß nicht, ob Sie sich noch – ich schaffe es nicht. Ich schaffe es einfach nicht.

KARL JOSEPH ›Ich schaffe es nicht!‹ Hat der Mensch denn Töne?! Bist du kein Mann? Hast du keinen Mumm in den Knochen?

MAX Vielleicht, wenn Sie einen Tic später reagieren würden –

KARL JOSEPH Ich schlag dich tot, Bursche, ich schlage dich tot –

VOLKER *steht auf.* Herr Joseph!

MAX *nach einem Augenblick der Erstarrung* Huch! Meine Fußspitze läuft mir davon! Meine Schuhspitze! Meine Fußspitze! ... Haltet sie! Haltet meine Fußspitze!

KARL JOSEPH Soll das komisch sein?

MAX *richtet sich auf.* War immer komisch, ja.

Karl Joseph Das war mal komisch. Heute lacht man über was anderes.

Max Das ist ein Grundscherz der Menschheit.

Er geht zu einem Tisch in der Dekoration, auf dem eine leere Bierflasche steht. Er setzt sie an die Lippen und bläst einen hohlen Ton. Er wirft sich über den Tisch und schluchzt.

Karl Joseph Ach Gottchen, der fällt ja sofort auseinander. Der hält aber auch gar nichts aus.

Volker Herr Joseph, Sie sind hier ein bewunderter Gast. Ein Weltstar beinah, bei uns zu Besuch. Bitte schön. Aber sind wir hier nicht auch bloß Menschen?

Karl Joseph Bin ich in der Jugendherberge? Muß ich mich mit Pfadfindern abgeben?

Er geht zu Max.

Was ist? Willst du nicht mehr? Ich sage dir ja, du atmest falsch. Du stehst dir selbst im Weg. Daran liegt's. Das ist dein ganzes Malheur.

Max Schlagen Sie nur. Na los. Schlagen Sie zu.

Karl Joseph Laß das Saufen, mein Junge. Konzentrier dich auf deine Arbeit.

Max Kein Problem.

Karl Joseph Wir haben noch eine lange Strecke vor uns –

Max Man muß sich doch kennenlernen. Man muß sich doch erst einmal kennenlernen.

Karl Joseph Ist ja gut. Passiert ganz von selbst, peu à peu.

Max Sie, der große alte Herr des deutschen Theaters; ich, der ewige DDR-Bürger im Exil. Ich betrete diese Bühne, für mich ist das eine Art neutraler Boden der Nation – und doch ist es Ihr Raum, und doch halten Sie ihn besetzt. Ich habe auf dem Straßenbasar gestanden, als ich von drüben kam, monatelang diesen Billigschmuck verkauft, Elfenbeinzähne für die behaarte Männerbrust, Sie haben Ihr Lebtag auf der Käuferseite gestanden.

KARL JOSEPH Was reden Sie da? Unsereins nun gerade! Als hätten wir uns nicht durch harte Zeiten zwängen müssen!

MAX Im Krieg, ja.

KARL JOSEPH Im Krieg nicht unbedingt. Aber kurz darauf.

MAX Und im Krieg? Was haben Sie im Krieg gemacht?

KARL JOSEPH Im Krieg war ich zu Hause. Im Theater. Ich hatte das Glück, von Goebbels persönlich u.k. gestellt zu werden. Die wollten mich lieber als Helden auf der Bühne haben. Das Theater war ja damals für uns der einzige Ort, wo man sich noch auf irgend etwas verlassen konnte. Nicht wahr, Gründgens hat mir später mal gesagt: Das einzige, was ich im Krieg genau wußte, war, daß auf der Bühne um viertel nach acht die Tür aufging und Marianne im blauen Kleid hereinkam. Tja. So war das ganz allgemein.

MAX Herr Joseph! Sie sind Legende für mich. Mit Ihnen bin ich aufgewachsen. Sie waren mir wichtiger als alle anderen. Warum können wir nicht gemeinsam den Realismus bekämpfen? Wir müssen ein ganz anderes Theater machen. Vom Schauspieler muß etwas ganz Neues, Unbekanntes verlangt werden. Ein neuer Stil, eine neue innere Glaubwürdigkeit. Stanislawski, Fehling, Brecht, die haben das Theater vom Schauspieler her erneuert, haben es von falschen, kranken Konventionen befreit. Wir müssen es von den Übeln des kranken Realismus befreien!

KARL JOSEPH Wir sind doch mehr oder weniger alle Realisten, ob wir es wollen oder nicht. Der Realismus ist auch gar nicht totzukriegen. Und im Grunde, mit Verstand und Feingefühl angewendet, ist und bleibt er die einzig menschliche Methode der Schauspielkunst. Wenn dir damit etwas richtig gelingt, ist es immer doppelt gelungen.

MAX Gehen Sie ins Kino! Sehen Sie dort: die Methode erzeugt Gespenster. Lauter Realismus-Automaten. Nichts als der nervöse Männer-Realismus auf der Leinwand. New Yorker Neuro-Realismus. Bestes Knowhow der Menschendarstellung. Keine Kunst, keine Symbolkraft, kein Stil. Technik, Technik. Alltag, Alltag. Diese Neurotiker zerfetzen die Idee des Schauspielers. Kalte Könner. Ausweglos alle nervös. Leblos, furchtbar, gekonnt. Man muß auf dem Theater etwas ganz anderes dagegensetzen. Was wir brauchen, ist ein neuer Stil, ein Glaube an irgend etwas Großartiges, eine gesteigerte Ausdruckskraft. Was wir brauchen, ist wieder ein revolutionäres Gefühl, eine Aufbruchsstimmung –

KARL JOSEPH Revolutionär? Wohin? Wofür?

MAX Das kann ich noch nicht sagen. Man muß aber bereit sein. Man muß Schneisen schlagen, nicht Girlanden knüpfen. Ich weiß es ganz genau: Wir müssen raus aus diesem goldenen Käfig, wir müssen wieder ins Unbekannte vorstoßen!

KARL JOSEPH Wozu Revolution?

MAX Ich weiß es nicht. Es muß sein.

KARL JOSEPH Sie wissen es nicht, ich weiß es nicht. Machen wir also weiter. Revolution um der Revolution willen, das ist l'art pour l'art. Ich bleibe realistisch, mag kommen, was will. Ich bleibe realistisch, meinetwegen bis sie unten alle eingeschlafen sind. Hier ist das alte Theater, Lieber. Hier zeig uns, was du kannst.

MAX Du bist die Mauer. Nicht das graue schmutzige Ding, das Berlin zerschneidet. Du bist für mich die Mauer, über die ich nicht hinwegkomme. Aber ich bin noch zu jung, um in den Mysterien des Reichtums zu verschwinden, unterzugehen mit dem fetten Totenschädel. Dafür bin ich noch zu jung! Ich, der nicht ganz so große Künstler!

KARL JOSEPH Nicht wahr, die Bühne, das Theater, das waren schon tausend Taten, tausend mehr oder weniger lebensentscheidende Handlungen. Und am Ende hat sich nichts getan. Man hat telefoniert, geliebt und sich verwechselt. Man ist gerannt und hat gewartet. Man hat sich versteckt und sich aufgeplustert. Man hat sein Herz verloren, bekam seinen Schädel gespalten und hat mit verdrehter Zunge gesprochen. Man war eifersüchtig, fromm und rebellisch. Man war der eitle Verführer und der dumme August. Und am Ende? Am Ende ist die Bühne gerade so leer wie am Anfang.

Im Hintergrund geht der Nachtpförtner über die Bühne und unterhält sich über Walkie-Talkie mit seiner Frau.

KARL JOSEPH Was ist denn los? Was ist das für ein Lärm?

VOLKER Moment! Einen Augenblick ...

Er ruft nach hinten Hallo! ... Mein Herr! ... Herr Mensch! Sie da! ... ja ... Sind Sie wahnsinnig geworden?

Der Mann bleibt ungerührt mit seinem Apparat in Verbindung, kommt vor und geht wieder nach hinten, während VOLKER *sich vor den Schauspielern großmacht und doch mehr unter sich als gegen den Störenfried schimpft.*

FRAU *über Walkie-Talkie* Ich bin jetzt unten im Foyer. Soll ich dann noch in den Garderoben wischen?

PFÖRTNER Frag mich was Leichteres.

FRAU Weißt du, vorhin in der Schneiderei, da bewegte sich irgendwas zwischen den Ankleidepuppen. Ich hatte das Gefühl, da versteckt sich wer.

PFÖRTNER In der Schneiderei ist jetzt niemand.

FRAU Doch. Irgendwas war.

PFÖRTNER Poltergeister.

FRAU Du hast mir doch von den blinden Besuchern erzählt, die sich zwischen den Kostümen verstecken, und plötzlich stehen sie abends mit auf der Bühne.

PFÖRTNER Das hast du geträumt.

FRAU Du hast es mir selbst erzählt!

PFÖRTNER Was machst du nun mit den Garderoben?

FRAU Ich lasse sie so wie sie sind.

PFÖRTNER Vergiß nicht, in der Halle das Geländer zu putzen . . .

VOLKER Was fällt Ihnen ein? Was haben Sie hier auf der Bühne verloren? Sind Sie Nachtpförtner oder Nachtwandler? Sie strolchen in eine Probe hinein! Wie lange sind Sie schon beim Theater? Wissen Sie, was eine Probe ist? Wir arbeiten hier, Sie absurdes Geschöpf! Komme ich etwa zu Ihnen in die Pförtnerloge und störe Sie beim Fernsehen? Na also. Verschwinden Sie! Kein Wort. Schweigen. Vollkommene Stille. Ruhe!

Dunkel

Dieselbe Bühne. Bei Max *zuhause. Er sieht sich ein Video mit Werner Finck an.* Lena *tritt neben ihn.*

Max *trinkt.* Werner Finck, siehst du, das war einer!

Lena Du bist Schauspieler, Max. Warum studierst du unentwegt an den alten Kabarettisten herum?

Max *schnalzt mit dem Finger.* Jetzt! ... Da! ... Na, komm! ... Jaa! Ist der gut. Au warte, ist der gut! Die ganz kleinen Aufsetzer, du denkst, er schiebt's weg, er stottert dran vorbei, und dann tack tack tack sitzt es und das nächste und noch eins nebendran, und immer diesen da: ›Äh-äh-äh‹. Hohe Schule, ich sage dir, allererste Klasse. *Er trinkt.*

Ja. Ich bin ein schlechter Schauspieler. Wäre aber ein guter Kabarettist gewesen. Ein Entertainer. Ein Improvisationstalent. Einer mit etwas mehr im Köpfchen. Und einem kleinen Zungenfehler.

Lena Laß es, Max. Laß es gut sein. Du wirst noch schlecht, wenn du's dir selber dauernd einredest.

Max Du hältst mich also für einen großen Schauspieler?

Lena Was willst du? Ein Wunder sein? Du hast deine Eigenart. Das ist viel wichtiger. Sei zufrieden mit dem, was du kannst. Und was sonst keiner so gut kann wie du.

Max Lena! Stell die Flasche dort in die Mitte des Raums. Ganz allein und pfeilgerade soll sie dort stehen. Weit weg. In der Eiseskälte. In der Mitte des Raums. Dieses Tier! Diese gläserne Kobra!

Lena *stellt die Flasche weg.* Sie ist fast leer ...

Max Natürlich habe ich recht gegen diese Nüchternheitsfanatiker, diese kalten Könner. Der Erfolg hat sie alle zu Zombies gemacht. Wo sie gehen und stehen, wiederholen sie sich. Ein Schein, ein Aberwitz. Gesättigte Köpfe. Werden von Tag zu Tag gesättigter. Nicht einer sucht noch den Übergang, nicht einer das große Unbekannte ... Lena! Ich kann nicht mehr ertragen, ohne dich zu sein. Weiß du, was in mir vorgeht? Ahnst du es? Ich schaffe es nicht, es ist zu schwer, ich krieg die Tür nicht auf.

LENA Jedesmal, wenn du mich ansprichst, fragst du nach dir. ›Wer bin ich?‹ ›Was kann ich?‹ ›Warum bin ich nicht ein anderer?‹ So fragst du mich.

MAX Du hast mir kein Glück gebracht, Lena. Du gehörst auch zu den Reichen. Brauchst nichts zu tun. Lebst von den Weinbergen und den Waschstraßen deiner Familie. Und ich leb mit. Man kann nicht können, wenn man nicht muß. Der Künstler braucht den Widerstand, das äußere Minus, um sich aufzurichten. Ich muß mich gegen deine Versöhnlichkeit auflehnen. Deine unerschöpfliche Geduld. Dein Verständnis verschlingt mich. Alles ist größer als ich. Nur das Theater hat mich daran gehindert, ein guter Schauspieler zu werden.
Er geht zur Flasche.

LENA Du trinkst zuviel.

MAX Ja, ja, ich trinke zuviel. Aber eben auch gerne.
Er trinkt.
Weißt du, Theatermenschen – fahrendes Volk, Abend der Gaukler – moralisch gesehen: eine Bande von Krüppeln. Uraltes Klischee, weiß ich. Aber ich füge hinzu: es stimmt. Genauso ist es, haarklein, wie es im Buche steht. Nicht weil sie sich außergewöhnlichen oder außergewöhnlich vielen Ausschweifungen hingäben. Darin mag sie heute jeder Versicherungsagent übertreffen. Sondern weil sie keinen Charakter besitzen. Ihre

Amoralität besteht darin, daß sie den anderen Menschen, berufsbedingt, nicht ernstnehmen. Es sei denn, er besäße Macht, Ruhm, öffentliches Ansehen. In keiner Zunft wirst du auf engstem Raum so viele finden, die sich das Maul zerreißen über ihresgleichen, so viele mißgünstige, kleinmütige, schäbige Naturen. Wahrscheinlich ist jeder andere Mensch, um seine Charakterfehler zu verbergen, ein sehr viel besserer Schauspieler als ein Schauspieler. Der läßt sich gehen, wo er nur kann. Nimm einen Mann wie Volker. Vom Ehrgeiz zerfressen, hat alles, Jaguar, Haus auf den Azoren, Frau und Freundin, mit 31 ist er Oberspielleiter. Hat alles, nur kein Talent. Verrät, betrügt, umschmeichelt, läßt fallen, wie er's gerade braucht –

LENA Schimpf nicht über einen Menschen, mit dem du dich morgen wieder gut verträgst.

MAX Laß mich schimpfen! Alle Menschen sind zweierlei und ich auch.

Er holt einen Brief aus der Hosentasche.

Sieh dir das an. Sie laden mich zu einer Diskussion im Fernsehen. Ein untrüglicher Beweis für die überragende Bedeutung meiner Person. Worum geht's? Der Videoschock. Achte Runde. Der Schauspieler – ein Beruf mit Zukunft. Fragezeichen. Alle Kanäle brauchen Schauspieler. Versteht sich. Die eine Hälfte der Welt wird Schauspieler sein, die andere Zuschauer.

LENA Laß den Spott. Das ist doch erst einmal ein Grund zur Freude. Wer sind die anderen Teilnehmer?

MAX Ewald Balser, Hans Söhnker, Oskar Werner, Elisabeth Flickenschildt. Lauter Tote.

LENA Hör auf. Du freust dich, ich seh's ja.

MAX O ja, ich freue mich. Man hat mich nicht vergessen,

wenn unter Toten diskutiert werden soll. Was glaubst du: Wie sind die auf mich gekommen?

LENA Sehr einfach. Die brauchen auch die Ansichten eines ganz normalen Schauspielers, der intelligent genug ist, der seine Erfahrungen von drüben mitbringt –

MAX Behandelst du mich eigentlich so gut, damit du mich schließlich um so sicherer reinlegen kannst – oder ist das an sich gut gemeint?

LENA Du gehst zum Quälen über. Frag nicht weiter.

MAX Man wird einmal beweisen können, daß aller Zusammenhalt unter Menschen allein durch die Kraft der Infamie gewährleistet wird. Man wird die verschlungenen Wege durchleuchten, die subtilen Umwege, auf denen ein Mensch zum Unmenschen wird: Wie kommen die auf mich?! Das muß einem erst einmal einfallen! Bloß um einen Blick in den Abgrund der Durchschnittlichkeit zu werfen – bloß um endlich den lang erwarteten Herrn Niemand einem Millionenpublikum vorzuführen. Das lasse ich mit mir nicht machen.

LENA Du wirst dorthin gehen. Da sind deine umstürzenden Entwicklungen, über die endlich gesprochen wird. Du kannst unzähligen Menschen deine Auffassungen nahebringen. Du hast lange genug darüber nachgedacht. Und du denkst gut.

MAX Ich denke? Nicht daß ich wüßte. Jedes Damenknie denkt besser als ich. Unnachsichtig lobst du meine Schwächen – nachdenken! – unterstützt, förderst meine Schwächen, damit ich getrost schwach und schwächer werde.

Er stolpert über die leere Flasche.

Da: die umstürzende Entwicklung. Das ist der Umsturz von Kindesbeinen an: Umsturz der Flasche.

Komm, laß uns fortgehen. Hier ist kein Leben mehr. Laß uns was trinken gehen.

LENA Wenn du weiter trinkst, wird es nur düster, Max.

MAX Nein. Bestimmt nicht. Es wird hell, immer heller um uns beide. Komm, laß uns was trinken. Wir könnten so fröhlich sein miteinander. Ich habe die schönste und beste Frau, die ein Mann nur haben kann. Ich schäme mich so, daß ich dir nicht genug von meiner Freude zeigen kann.

LENA Ich könnte alles sehr gut ertragen. Sogar deine Verdächtigungen und Verletzungen –

Wann endlich die drei wenigen Worte? Wie lange noch dieser Zustand der nie erklärten Liebe? Die drei wenigen Worte, Max.

MAX Wie steht es geschrieben bei Jeremias: Ich will meine Freundin in die Wüste führen und will ihr in ihr Herz sprechen!

Dunkel

Probe. VOLKER *an seinem Tisch.* MAX *immer nah bei* KARL JOSEPH. *Sie sitzen zeitweilig auf einem großen Koffer oder einem Podestrand nebeneinander.*

MAX Aber Ludwig Berger, mit dem Sie damals im selben Hotel wohnten, hat doch eines Morgens zu Ihnen gesagt: ›Achtung, lieber Karl Joseph, passen Sie auf, daß Sie nicht in das falsche politische Fahrwasser geraten!‹

KARL JOSEPH Nur weil Sie so ein übertriebenes Interesse an mir haben, merken Sie sich jede Nichtigkeit, die ich irgendwann erzähle. Man kann Ihnen gegenüber nichts beiläufig erwähnen, ohne auf das pedantischste daran erinnert zu werden. Das ist sehr beengend, wissen Sie.

MAX Ich habe Sie doch lieb. Es tut mir weh, wenn andere Leute ein Fragezeichen hinter Sie setzen.

KARL JOSEPH Das ist nun über fünfzig Jahre her!

MAX Mir ist, als wäre es gestern gewesen.

KARL JOSEPH Gestern, Steinberg! Gestern habe ich's Ihnen erzählt. In einem ganz anderen Zusammenhang.
Er steht auf.
Wo bleibt sie denn? Zwölf Uhr dreißig.

VOLKER Müßte eigentlich jeden Augenblick erscheinen. Sie lebt draußen auf dem Land. Mit lauter Tieren. Sie wissen ja: ein Problem. Seit sechs, sieben Jahren hat sie nicht am Theater gearbeitet.

KARL JOSEPH Ach was. Alles Legende. Ich habe sie erst kürzlich gesehen. Aber ja, in Stuttgart, glauben Sie's mir. Schmale Hüfte, nicht wahr, kleine Brüste, lange Beine. Das Stück hieß – warten Sie, es hieß so etwa wie: ›Erklär dich, Alphonsine!‹ Ausrufezeichen. Oder: ›Aline‹? Na egal. Einpersonenstück. Da trat sie auf, nur mit einem leichtem Morgenrock bekleidet, und redete drauflos. Redete und redete. Ohne Punkt und Komma. Zwei Stunden ohne Pause.

VOLKER Nein, ich glaube, soweit ich weiß, war das jemand anderes.

KARL JOSEPH So? Na! Jedenfalls ein begabtes Luder. Quasselte sich die Seele aus dem Rachen. Macht man ja gern heute. Monologe. Alles heraushängen lassen. Den ganzen Seelenkübel auskippen. Die Menschen haben ja generell die Kunst des Lügens verlernt.

MAX Jawohl. Es lebe die Lüge! Schluß mit der erschöpften Aufrichtigkeit! Lügen, lügen und nochmals lügen. Hoch lebe die Prahlerei! Tod den Geständnissen!

KARL JOSEPH Was man braucht zum Leben, findet man stets besser in anderer Leute Biographie. Man kann sich's dort ausleihen. Kommt bedeutend billiger. Edna Gruber?

VOLKER Ja, so heißt die Kollegin.

KARL JOSEPH Wenn ich mich nicht sehr täusche, war die eine Zeitlang mit dem Alexander von Syde zusammen.

MAX Oh, sie hatte bestimmt viele Affären, bevor sie sich endgültig den Tieren zuwandte.

KARL JOSEPH Den hat sie jedenfalls auf dem Gewissen, Freund Alex. Kannten Sie ihn? Ein großartiger Schauspieler. Ein liebenswürdiger Kollege. Wir waren beide beim Nachkriegs-Hilpert in Göttingen. Ich habe ihm praktisch alle großen Rollen weggespielt. Als der, der ich nun einmal bin, hatte ich dafür zu sorgen, daß das Haus jeden Abend voll war. So war das nun mal. Edna Gruber. Das muß dann doch später gewesen sein. Siebzig, zweiundsiebzig, da trat sie in sein Leben. Hübsches Mädchen. Hat ihn ruiniert. Über die ist er nicht hinweggekommen. Erst Suff, dann Unfall, aus.

VOLKER Ich glaube, das war sie aber nicht. Entschuldigung, Sie verwechseln da jemanden. Ich möchte fast sagen, ich weiß es hundertprozentig.

KARL JOSEPH Sie schmunzeln, als wüßten Sie's verdächtig genau.

VOLKER Nein – ich weiß nur, wen Sie meinen. Ich kenne zufällig die Person, die Sie meinen.

KARL JOSEPH Ach, lassen Sie's gut sein. Schließlich und endlich ganz egal. Eines steht fest: Ein Künstler sollte niemals eine Frau heiraten, die seine ganze Leidenschaft ausfüllt.

MAX Kein Mann darf – keiner kann eine Frau heiraten, die seine ganze Leidenschaft ausfüllt. Das ist die bittersüße Wahrheit, Herr Joseph.

KARL JOSEPH Jede Frau, lieber Schwarzberg, ist immer nur eine Möglichkeit des Mannes.

MAX Jede Frau ist für einen Mann eben letztlich nur eine Frau.

KARL JOSEPH Wie meinen Sie das?

MAX Ich will es Ihnen gern erläutern, Herr Klaus.

KARL JOSEPH Ich heiße Joseph. Achten Sie darauf. Ich fühle mich sonst nicht angesprochen.

MAX Sie sind Herr Joseph. Ich bin Maximilian Steinberg, ich meine –!

KARL JOSEPH Habe ich Sie etwa anders angesprochen?

MAX Schwamm drüber. Ich habe Sie jedenfalls nie versehentlich Herr Klaus genannt.

KARL JOSEPH Das beruhigt mich. Ich dachte schon, irgend etwas an mir erinnert Sie an den berühmten – oder sagen wir: namhaften Hans-Heinz Klaus.

MAX Haben Sie denn Ähnlichkeit mit dem großen Klaus?

KARL JOSEPH Ach was, er ist eben auch nur ein bekannter Name.

MAX Ein wunderbarer Schauspieler!

KARL JOSEPH Weiß ich nicht. Könnte es vielleicht sein. Macht zuviel.

MAX Das finde ich eben auch so aufregend an ihm –

KARL JOSEPH Ein Held der Fernsehserien!

MAX Aber eben ein Held.

KARL JOSEPH Und Sie sind genau das, wofür ich Sie vom ersten Augenblick an gehalten habe: ein völlig unbedeutendes Hascherl.

MAX Volker! Hast du gehört? Das trifft! Ich leg ihn herein, und er macht mich herunter. Tu etwas, laß uns hier nicht hängen. Er erschlägt mich noch.

KARL JOSEPH Mit der Narrenpritsche gehörst du erschlagen, du Kasper.

MAX Das ist fast schon wie bei David und Joseph, was wir beide hier treiben.

KARL JOSEPH David und Goliath, meinst du.

MAX Ach, Herr Joseph, Sie sehen doch selbst, daß ich einen schier ausweglosen Kampf gegen die eigene Schwäche führe.

KARL JOSEPH Ja, hab nur Köpfchen. Hab's nur da oben. Das hilft dir gar nichts. Lern erst einmal, mit zwei geraden Beinen auf der Bühne zu stehen!

MAX Aber Gründgens zum Beispiel hatte auch zwei gerade Beine und war trotzdem ein intelligenter Mensch.

KARL JOSEPH Gründgens? Lieber Gott! Da hätte es jemanden wie dich nicht gegeben, Freundchen. Ich schwör's dir. Da wärst du nicht vorgekommen. *Laut* Menschenskind! Was glaubst du eigentlich, wer du bist?!

MAX Tja, da tappe ich selbst im dunkeln.

Im Hintergrund, auf einem kleinen mit Plane überzogenem Gerümpelhügel erscheint EDNA GRUBER.

EDNA GRUBER Huh! Hier wird geschrien! Ich gehe wieder ... *Sie verschwindet.*

VOLKER Edna! Bitte, komm her! Wir warten auf dich!

MAX Sie haben sie verscheucht mit Ihrem Gebrüll, sehen Sie.

VOLKER Können Sie die Fabel des Stücks erzählen, Herr Joseph? Haben Sie gelernt, die Fabel des Stücks zu erzählen? Man muß doch sehen, was sagt die Fabel? ...

KARL JOSEPH Was ist los mit Ihnen? Sind Sie nicht bei Trost?

Edna Gruber *schlüpft aus der Nullgasse auf die Bühne. Sie hat ein Döschen mit Kampfersalbe und streicht, während sie sich vorstellt, den beiden Männern eine Fingerspitze an die Schläfe.*

Edna Gruber *zu* Karl Joseph Edna ... Einen Tupfer Kampfersalbe? Es befreit die Stirn. Es erfrischt. Es riecht gut ... *Sie geht zu* Max. Edna ... Wir haben uns irgendwo schon gesehen, ich kenne Sie. Einen Tupfer Kampfersalbe? Sie sind aber kein Vegetarier, nein? Sie essen zuviel Fleisch. Man riecht es.

Sie geht zu Volker, *umarmt ihn.* Volker, mein Herz – au! Paß auf, der Daumen. *Sie zeigt ihren Daumen in einer schwarzen Lederhülle.* Julius, mein Wallach, hat mich gebissen. Er ist noch so schrecklich ungezogen. Jedesmal, wenn ich ihn an die Longe nehme, macht er mir eine Szene. Huuh! Wie kalt ist es hier! Ich friere, ich friere ... Steht hier irgendwo eine Tür auf? ... Das haben Sie vielleicht gelesen, daß der russische Dichter Gogol jahrelang durch ganz Europa gereist ist, von Arzt zu Arzt, ruhelos! Und immerzu hat er geklagt: Mich friert! Mich friert! Helfen Sie mir doch! – Er kannte keine menschliche Wärme. Es heißt ja auch, er habe nicht ein einziges Mal in seinem Leben eine Frau berührt.

Karl Joseph Sie leben also draußen auf dem Land. Mit vielen Tieren, in gesunder Luft –

Edna Gruber Was reden Sie da? Ich lebe in der gleichen Hölle wie Sie. Zehn kleine Negerlein. Hundert kleine Negerlein. Tausend kleine Negerlein. Sie kennen den Rest, Sie kennen die tägliche Tragödie. *Sie geht auf ihn zu.* Sie sind also unser Professor Brückner. Mein Vater. Mein schwieriger, lieber, trauriger Vater. Sie waren einmal mein Schwarm, wissen Sie das? Lang ist's her, da hatte ich Sie über meinem Jungmädchenbett hängen. Was muß das für ein Kerl sein! Wenn ich doch einmal mit ihm eine Schokolade trinken dürfte! Ein Held, ein so wunderschöner Held!

KARL JOSEPH Tja, gnädige Frau, dafür sind wir uns leider ein bißchen zu spät begegnet.

EDNA GRUBER Ach, ich habe andere gekannt. Was tun Helden? Helden sind große Schnarcher in der Nacht. *Sie wendet sich* MAX *zu.* Und Sie? Meine große unglückliche Liebe, ja? Mein süßer Verräter, mein heruntergekommenes Genie. Sagen Sie mir, weshalb sind Sie bloß ein solches Scheusal in dem Stück?

MAX Ich möchte einen Menschen zeigen, den Sie einmal sehr verletzt haben. Sie sind es, diese Sonja, an der er unheilbar erkrankte. Sie hat ihn erniedrigt und schließlich abgewiesen. Daran ist sein Charakter zerbrochen.

EDNA GRUBER Er ist ein außergewöhnlich liebesfähiger Mann, finden Sie nicht?

MAX Ja. Er war es zumindest. Er war es bis zum Augenblick der großen Enttäuschung.

EDNA GRUBER ›Wie stark du damals warst! Wie stolz und unbeherrscht!‹

MAX Ja, das sagt sie einmal.

EDNA GRUBER Und was sagen Sie darauf?

MAX Ich sage an dieser Stelle – warten Sie – es heißt da ungefähr: ›ja als unsere Zukunft noch frei war, wild und unberührt, und aller Mut stieg aus einer tiefen Unbesonnenheit, die in uns niemals sterben, niemals zerstört werden darf‹ –

EDNA GRUBER Wie gern werde ich es hören aus deinem Mund! Wie freue ich mich auf diese Stelle!

MAX Ja, und dann sagt er noch –

EDNA GRUBER Psst! Ich will es nicht so genau wissen. Nicht bis in alle Einzelheiten ... *Sie nimmt ihn beiseite; ernst* Du hast in der Liebe noch einen Versuch frei. Scheiterst du, bleibt dein Herz kalt für immer.

MAX Sagt sie das?

EDNA GRUBER Ich sage es dir. Ich! Psst! Kein Wort. Es ist ein Wahrspruch. Du kannst ihm nicht ausweichen. *Sie wendet sich ab.* Volker! Du hast mich aufs Theater zurückgejagt, der Bock hat die Ricke aus dem Bett gesprengt – jetzt sieh zu, wie du fertig wirst mit mir. Bitte! Da habt ihr mich. Was wollt ihr? Die mausgraue Professorentochter, das stille alte Kind, verhärmt, geduckt und mißgelaunt ... *Sie verwandelt sich und spielt* KARL JOSEPH *an.* ›Vater, was tust du selbst? Du machst keinen Finger krumm, damit endlich Klarheit in diese unsägliche Affäre kommt. Du vergräbst dich hinter deinen Büchern, klagst mir die Ohren voll und wartest darauf, daß eines Tages ein Himmelsbote erscheint und deine Ehre wiederherstellt‹ ... Oder darf's etwas resoluter sein? Soll ich ihm ein bißchen Feuer unter den Hintern setzen? ... ›Vater! Was tust du selbst ...‹

Sie spricht denselben Text in größerem Ton.

VOLKER Sehr schön. Attacca!

KARL JOSEPH *als Brückner* Ich weiß nicht, ob du dich wirklich in meine Lage versetzen kannst, mein Kleines. Gestern noch stand der Genetiker Professor Rudolf Brückner ganz oben auf der Liste der Nobelpreiskandidaten – es hätte dir bestimmt gefallen, an der Seite deines Vaters dieser Ehrung beizuwohnen, die jedes Forscherleben krönt – gestern noch! Und heute darf dieser selbe

Mann mit allen seinen Verdiensten ungestraft ein Betrüger, ein Fälscher genannt werden.

EDNA GRUBER Ich glaube an dich, Vater. Ich bin fest überzeugt von deiner Unschuld. Ich zweifle nicht daran, daß du das Opfer einer Intrige wurdest. Ich weiß, daß es genügend Leute gibt, die auf deinem Sturz ihre Karriere aufbauen wollen. Wenn ich nicht so dächte, könnte ich keine Stunde länger um dich sein und soviel Kummer und Unleidlichkeit ertragen Tag für Tag.

KARL JOSEPH Im Grunde eine etwas sonderbare Argumentation, der du da folgst, mein Kind. Schließlich bin ich dein Vater. Und gesetzt den Fall, man überführte mich tatsächlichen Betrugs, die Riesenkröte aus geklonter Zelle hätte niemals existiert, die Laborprotokolle samt und sonders meine Fälschung, wär ich's nicht immer noch, dein Vater? Und dann, wenn ich zum Schluß nicht anders könnte, als vor dich treten und bekennen: Sieh her, jawohl, ich habe es getan, nun frag nicht weiter – ich bliebe trotz alledem dein Vater, nicht wahr?

VOLKER Ohne ›nicht wahr‹.

KARL JOSEPH Nein, nein. Es versteht sich doch von selbst, daß ich in dir und vor dir als gerechtfertigt dastehe. Ohne jeden Schatten eines Verdachts. Du bist meine Tochter. Mein eigen Fleisch und Blut. Glaubst du, ein Schurke hätte dich großgezogen und liebte dich so?

EDNA GRUBER Warum sollten Schurken und Betrüger nicht zärtlich sein zu ihrem eigenen Kind?

MAX *neben dem Regietisch* Sie ist wunderbar. Ich liebe sie.

VOLKER Herr Joseph, einen Augenblick! Vielleicht könnten Sie es einen Tic leichter ansetzen, eine Spur argloser: ›Glaubst du, ein Schurke hätte dich großgezogen und liebte dich so?‹ Sie geben es ein, Edna gibt es aus. Ganz leicht. Input, output.

EDNA GRUBER Putt putt putt mein Hühnchen/Putt putt putt mein Hahn . . .

VOLKER Du auch bitte, ganz leicht. Sie darf sich an dieser Stelle nicht aufreißen, keine Blöße geben.

EDNA GRUBER Aber Herz, weißt du, ich werde mir jede erdenkliche Blöße geben . . .

VOLKER Bitte sehr! ›Ohne jeden Schatten eines Verdachts . . .‹

KARL JOSEPH Nein, nein. Es versteht sich doch von selbst, daß ich in dir und vor dir als gerechtfertigt dastehe. Ohne jeden Schatten eines Verdachts. Du bist meine Tochter. Mein eigen Fleisch und Blut. Glaubst du, ein Schurke hätte dich großgezogen und liebte dich so?

VOLKER Glückwunsch. Ideal.

EDNA GRUBER *außer der Rolle* Nein. Unmöglich. Ich kann das nicht spielen. Unmöglich. Vollkommen ausgeschlossen. Ich kann in diesem Stück nicht auftreten. Ich spiele eine Frau, die Tierexperimente verteidigt – zumindest nicht verurteilt. Ich spiele eine solche Frau nicht. Ich kann das nicht vertreten, was ich da zu sagen habe.

KARL JOSEPH Aber gnädige Frau, Sie kannten doch das Stück, bevor Sie zusagten.

EDNA GRUBER In diesem Moment – plötzlich – fällt es mir wie Schuppen von den Augen: die Riesenkröte. Wissen Sie überhaupt, wovon wir reden im Stück? Meines Wissens handelt es sich um Experimente am Krötenembryo. Was für eine Ungeheuerlichkeit!

KARL JOSEPH Spielen Sie es kritisch. Stellen Sie es aus. Oder zur Diskussion. Oder wie sagt man da?

Edna Gruber Ich spiele niemals ›kritisch‹! Abgesehen davon, Sie sehen doch, wie sentimental ich sein muß in dieser Rolle. Bleibt doch nichts übrig von dieser Sonja, wenn ich mich nicht mit Haut und Haaren auf sie einlasse. Ihnen macht das wohl nichts, wie? Krötenklonen?

Karl Joseph Ach Gott, das Stück ist ein Reißer. Da muß man nicht alles so bierernst nehmen.

Edna Gruber Unglaublich seid ihr. Verdorben. Restlos verdorben.

Volker Aber Edna, es handelt sich wirklich nur um ganz ordinäre Kröten.

Edna Gruber Nur?! Sind Kröten etwa keine Lebewesen?

Max Unter Umständen steckt sogar ein hübscher Prinz in ihnen.

Karl Joseph Dazu muß man sie erst einmal an die Wand werfen. Letztlich auch ein Tierexperiment. Man klatscht die Kröte gegen den Stein und heraus kommt ein junger Edelmann.

Edna Gruber Im Märchen! Im Märchen! . . . Mein Gott! Was für eine Rohheit!

Karl Joseph Wir spielen das Stück ja doch als eine Art modernes Märchen.

Edna Gruber Sie, Brückner, haben die Riesenkröte gezüchtet. Das ist kein Märchen. Das ist Gentechnologie. So nennt man das. Etwas Schlimmeres gibt es gar nicht.

Karl Joseph Sind Sie sicher? Ich habe nämlich wiederholt gelesen, daß wir gegen bösartige Virenerkrankungen völlig machtlos wären ohne den Einsatz von gentechnischen Abwehrstoffen.

Edna Gruber Woher kommen denn die bösen Viren?

Die sind ja überhaupt erst von dieser Technik künstlich in die Welt gesetzt worden. Das ist doch die Wahrheit.

KARL JOSEPH So? Ja, man muß schon zugeben, die moderne Wissenschaft grenzt mitunter an Bereiche, die ins Phantastische führen.

EDNA GRUBER Ans Grausame, Abscheuliche – an den Unmenschen grenzt sie.

KARL JOSEPH Na dann. Lassen wir es sein. Gehen wir eben alle nach Hause.

EDNA GRUBER Der moderne Mensch ist weitgehend verdorben. Er ist sogar verloren, wenn er seinen Geist nicht von Grund auf reinigt. Sein Geist ist ein Tummelplatz der Archonten. Ein Madensack ist sein Geist. Norea, die Tochter von Adam und Eva, verlangte Einlaß in Noahs Arche. Aber er wurde ihr verweigert, worauf sie die Arche durch ihren Hauch verbrannte. Durch ihren reinen Hauch! Und Noah mußte eine neue bauen und viel mehr Tiere mitnehmen – auch Kröten! Auch Pflanzen, denn Pflanzen sind die lichthaltigsten Geschöpfe der Erde, vor allem Gurken, Melonen und Weizenkeim. Deshalb wird Norea genannt: die Helferin aller Menschengeschlechter. Also gut. Ich spiele. Und sammle nach jeder Vorstellung persönlich im Foyer für die Tierhilfe.

VOLKER Können wir bitte weitermachen?

EDNA GRUBER Warum sollten Schurken und Betrüger nicht zärtlich sein zu ihrem eigenen Kind?

MAX *für sich* Ich liebe sie. Ich liebe sie.

Dunkel

II

Im Hintergrund eine Tür mit roter Lampe: ›Achtung! Sendung!‹ Daneben sitzt LENA *vor einem Monitor. Eine junge* REDAKTEURIN *tritt zu ihr, sieht mit auf den Bildschirm.*

REDAKTEURIN Sehen Sie das? Der Kerl ist voll wie eine Natter ... Scheiße. Das geht auf mich nieder. Ich habe das vermasselt. Ein Glück, die halten ihn scharf raus mit der Kamera. Aber der quasselt dauernd im off dazwischen!

LENA Er sagt doch lauter Wahrheiten! Er hat recht. Er bringt die besseren Argumente. Warum läßt man ihn nicht ins Bild?

REDAKTEURIN Daß mir das passieren mußte! Ich bin noch ganz neu hier in dem Laden. Ich wollte natürlich den Regisseur, Axel Steinberg, den wollte ich. Der da heißt Maximilian Steinberg, dieser Idiot.

LENA Ich weiß. Ich lebe mit ihm.

REDAKTEURIN Was? Na, ich gratuliere. Warum haben Sie ihn nicht zurückgehalten? Der gehört doch nicht vor eine Kamera in dem Zustand, was haben Sie mir da eingebrockt!? So! Schluß! Sie haben abgebrochen. Das wird ein Skandal. Den überleb ich nicht, ich weiß es, die werden mich lynchen ... *Sie geht ab. Die Lampe über der Tür erlischt.* MAX *kommt heraus.*

MAX Na? Wie war's? Hast du alles gesehen?

LENA Du warst großartig.

MAX Ja. Ich habe mich ziemlich zusammengenommen. Ich bin wahrscheinlich noch ganz rot im Gesicht.

LENA Eine Schlacht war's, ein richtiges Gemetzel.

MAX Ich habe ziemlich geladen, weißt du. Ich war ein bißchen aufgeregt vorher. Ist mir auch prompt was schiefgelaufen, als ich nämlich sagte: Es gibt heute keinen Napoleon mehr unter den Schauspielern –

LENA Du warst großartig. Ich liebe dich.

MAX Was ist denn los? Diese Geistermimen gehen alle an mir vorbei, ohne auf Wiedersehen zu sagen. He! Auf Wiedersehen!

LENA Laß doch, nicht, bitte!

MAX He! Hans Söhnker! Kennst du mich nicht mehr? Eben noch Seite an Seite, Mann bei Mann, auf diesem Höllenritt ... Vorwärts, Kamerad! Attacca! ... Ach, totes Gelichter, verschwindet! Posaunenbrut! ... Komm, Lena, laß uns gehen. *Brüllt nach hinten.* Realist! *Sie gehen langsam nach vorn.* Ich habe keinen Grund zu zweifeln, daß ich mich tapfer geschlagen habe. Ich habe meine Beiträge, soweit es die kurze Redezeit erlaubte, gut plaziert. Ich habe den Schwachsinn der anderen, wo es nötig war, zum Verstummen gebracht. Ich habe nicht das Gefühl, verloren zu haben. Diesmal nicht, meine Liebe.

LENA Aber ich sage doch, wie gut es mir gefallen hat.

MAX Was hast du gesagt, was denn? Du hast doch nichts als ein verklemmtes Lächeln übrig für mich.

LENA Schon gut, Max. Es hat keinen Zweck. Was ich sage, hörst du nicht mehr.

MAX Eifersüchtig bist du, das spür ich doch, ganz klein und neidblaß. Wenn ich nur einmal in fünf Jahren einen Glanzpunkt erwische! Schon machst du ein schiefes Gesicht. Ja natürlich, solange sich nichts tat, solange es mir schlechtging, da warst du eine treue Hilfe. Einem Armseligen, dem mag man gern unter die Arme greifen. Aber jetzt, im Falle des Erfolgs, ich sehe schon, da bist du keine gute Stütze. Kein gewinnendes Gegenüber.

Denn jetzt, wo wahrscheinlich noch weitere Angebote kommen, jetzt nach der Sendung, da wird es schwer für dich werden –

LENA Ich glaube, du bist nicht in dem Zustand, in dem du noch richtig einschätzen kannst, was ein anderer Mensch für dich empfindet.

MAX Und ich glaube nicht, daß es dir zusteht, von meiner Betrunkenheit zu sprechen, bloß weil dir meine Redebeiträge möglicherweise nicht zusagten. Oder weil du sie einfach nicht verstanden hast. Ich hatte etwas zu sagen. Ich hatte etwas zu vertreten. Das stört den faulen Frieden hier in eurem Land. Ich störe hier, das weiß ich.

LENA Ich will jetzt nicht streiten. Laß uns gehen ...

MAX Du hältst trotz allem noch zu mir?

LENA Ja.

MAX Glaub ich nicht.

LENA Gehen wir ins Hotel. Komm!

MAX Du, Lena! ... *leise* Die haben mich verwechselt.

LENA Wie meinst du?

MAX Na, die haben mich verwechselt. Mit dem Regisseur. Axel Steinberg.

LENA Wer hat dir das erzählt?

MAX Das weiß ich. Das ist mir schon mal passiert.

LENA Glaub doch mal daran, daß sie dich gemeint haben und keinen anderen. Freu dich doch erst mal darüber. Warum mußt du es gleich wieder unter Verdacht stellen?

MAX Ja. Gefreut hat's mich. Da hast du recht. Es gibt einem doch einen kleinen Aufschwung.

EDNA GRUBER *tritt als helle Erscheinung auf einen Mauervorsprung.*

EDNA GRUBER Du schlenderst. Mich geistert's.

MAX Was – was willst du? Wie kommst du hier in die fremde Stadt?

LENA Zu wem sprichst du?

MAX Da! Sieh doch!

LENA Ich sehe niemanden.

MAX Wo ich geh und steh, springt sie mir in den Weg. In der Baugrube hockt sie und ruft es herauf . . .

EDNA GRUBER Du schlenderst. Ich muß allgegenwärtig sein.

MAX Von den Dächern schallt es aus den Trichtern ihrer Hände . . .

EDNA GRUBER Es plagt mich, es nagt mich, es jagt mich.

MAX Sie findet mich überall und reißt mich aus der Ruhe . . .

EDNA GRUBER Du säumst, mein Freund! Denkst du nicht mehr, daß dich der Engel küßte und anvertraute Engel-Not?

MAX Ich denke – ich denke an nichts anderes seitdem.

LENA Max! Still! Du machst mir angst.

MAX Lena, halt mich fest! Laß mich nicht fort.

EDNA GRUBER Du bleibst auf halbem Weg?
Mich friert, mich friert . . .
Die Erscheinung verschwindet.

MAX Hast du gehört, was sie gesagt hat?

LENA Du wirst krank, Lieber, du wirst krank, wenn du so weitermachst.

MAX Jetzt ist etwas geschehen. Jetzt ist etwas gebrochen. Du bist nicht stark genug. Warum bist du nicht stark genug?!

LENA Die drei wenigen Worte – sie fehlen mir.

MAX Ich kann nicht. Nicht mehr.

Dunkel

Probe. Ein Tisch mit Schwenkspiegel, vor dem EDNA GRUBER *und* VOLKER *sitzen. Während der Szene kommt* MAX *und setzt sich vorn an den Regietisch.*

VOLKER Was meist du: sie ist zweiundvierzig Jahre, sie hat Familie, zwei fast erwachsene Söhne, sie war erfolgreich in ihrem Beruf, jedenfalls bevor sie im Institut ihres Vaters arbeitete, und nun begegnet sie diesem Mann wieder, dem einzigen großen Verzicht in ihrem Leben – was meist du: Wen sieht sie da im Spiegel?

EDNA GRUBER Wen sieht sie da? ... Mein Gott! Ist sie nicht glücklich? Ganz einfach rücksichtslos glücklich?

VOLKER Vielleicht. Vielleicht fürchtet sie sich auch ein wenig. Vielleicht sieht sie in ihrem Gesicht, was geschehen wird. Sie weiß, was ihr bevorsteht –

EDNA GRUBER Sie weiß es nicht!

VOLKER Sie lächelt. Aber sie erschrickt vor ihrem eigenen Lächeln. Es erscheint ihr seltsam fremd, fast infam.

EDNA GRUBER Was flüsterst du mir ein?

VOLKER In ihren Augen entdeckt sie plötzlich ein tödliches Funkeln. Sie ahnt, wozu sie fähig sein wird. Sieh dir deine Finger an. Ja. Dreh deinen Ring. Stütz den Ellbogen auf. So. Du siehst deine Hände im Spiegel, du drehst den Ring –

EDNA GRUBER Weißt du, daß in uns die Sonne nie untergeht, sondern auch nachts aus dem Grund des Traums heraufscheint?

VOLKER Ja ... Na ja.

EDNA GRUBER Verstehst du nicht, was ich meine?

VOLKER Doch, doch. Siehst du, das Bild, das sie von sich selber hat, und ihr Spiegelbild stimmen nicht überein –

EDNA GRUBER *zitiert aus der Rolle* ›Du wirst mich verstehen. Und du wirst mich verraten. Dies ist kein Spiel. Hier werden wir viele Male aufeinander schlagen. Und hier auch, auf diesem Platz, werden meine Wunden alle heil ...‹

VOLKER Ja, noch strenger, noch härter.

EDNA GRUBER ›Tu's! Schlag! Schlag zu! Aus Wunden, aus Tränen wächst meine Stärke!‹

VOLKER *steht auf.* Na ja, so ähnlich.

EDNA GRUBER *blickt in den Spiegel.* Was weiß ich vom Töten? Nichts. ›Daß ich's begreif, ehe ich sterbe, deinen Leib zu fassen mit zwei Händen wie ein Herz, das man belebt ...‹ Heißt es so? Unsinn! Ich kann keinen Text mehr behalten. Ich kann keine Rolle mehr spielen. Ich kann mich nicht mehr öffnen auf der Bühne. Ich finde meinen Ton nicht mehr. Ich verfliege, ich verfliege wie ein Parfüm am Abend, wie ein Blütenduft. Die Wahrheit ist: Ich habe hier nichts mehr verloren.

MAX *steht auf.* Nein! Sie sind es, Sie, die einzige, die noch die Kraft besitzt, die ihre Stimme erhebt über das nervöse Gemurmel, über alles Kleinmütige, Mäßige und Triviale. Für Sie ist das Spiel noch etwas Heiliges. Sie zeigen uns, Sie beweisen es: Wir Menschen sind Wesen von höherer Art, als uns selbst bewußt ist. Und jeder, mag er noch so ein kleiner Alltagszwerg sein, spürt es, erlebt es durch den Schauder, der nie ausbleibt, wenn Sie, die Schauspielerin, ihn freisprechen von seiner Kläglichkeit –

EDNA GRUBER Ach Lieber ... Was versäume ich – was versäume ich wirklich, wenn ich es lasse? Ist das alles so wichtig? Gestern hat mich meine Tochter besucht. Eine schöne erwachsene Frau ist sie geworden. Sie hat einen Freund mitgebracht, den sie heiraten will. Einen Optiker, der ein Brillengeschäft in Kuwait eröffnen will. In Kuwait. Sie geht also auch fort. Ich kann gar nichts tun, sie geht und ich bleibe hier. Mein Mann ist gestorben vor zwei Jahren, und ich bin in meinem Haus geblieben. Seinetwegen habe ich aufgehört zu spielen. Ich habe ihn sehr geliebt und sein Leben war mir wichtiger als meins – und dann hat er's verloren, so früh. Es wird einem nur genommen. Tod und Abreise regieren das Leben. Ich hätte längst fortgehen müssen. Aber ich komme nicht los von meinem Platz, nicht los von den Tieren. Ich sage das nur, weil ich so traurig bin und andauernd meinen Text vergesse.

Dunkel

Bartresen unter diffusem Deckenlicht. Ein junger BARMANN, *der im Hintergrund aufräumt.* DIE BLINDE *mit dunkler Brille und Blindenstock stützt sich mit dem Rücken und beiden Ellbogen auf den Tresen.* MAX *steht etwas entfernt von ihr und durchsucht seine Taschen nach Kleingeld.*

MAX *zur* BLINDEN Haben Sie zufällig zwanzig Pfennig?

DIE BLINDE Fällt Ihnen nichts Besseres ein, um mich endlich anzusprechen? Nach einer ganzen langen Nacht, in der Sie mich angestarrt haben, bis alle um uns herum gegangen sind und wir allein übrigblieben, da fällt Ihnen schließlich nichts Besseres ein, als mich um zwei Telefongroschen anzubetteln, als wäre ich eine x-beliebige Person, die gerade des Weges kommt, als hätten wir nicht seit acht Stunden aufeinander gewartet und mit vereinten Seelenkräften die Bar leergefegt und die Morgendämmerung heraufgezogen – dafür haben wir eine Nacht lang erwartungsvoll geschwiegen, daß Sie jetzt im Morgengrauen vor mich hintreten und um zwanzig Pfennig bitten?

MAX Ich muß aber telefonieren!

DIE BLINDE Das glaube ich nicht. Ich kann es mir nicht vorstellen.

MAX *zum* BARMANN Haben Sie noch Kleingeld?

DIE BLINDE *läßt den Inhalt ihres Portemonnaies zu Boden klimpern,* MAX *hebt das Geld auf und geht zum Telefonapparat.*

DIE BLINDE He! Wo bleibt der Rest? Zwanzig Pfennig haben Sie gesagt!

MAX *telefoniert.* Ja, ich. Was machst du? ... Nein, ich treibe mich nicht herum. Ich kann nicht schlafen. Ich wollte dich sehen ... Paß auf, ich könnte zu dir rauskommen, ja, jetzt – wir frühstücken zusammen, und ich fahr dich dann zur Probe ... Hm. Verstehe ... Bist du dir sicher? Gut. Bis später. Nein, ich bin nicht böse. Entschuldige.

Er geht zurück zum Bartresen.

DIE BLINDE Ich glaube, Sie könnten mir was Gutes tun, mein Lieber. Nur für einen Tag.

MAX *schreit sie an* Hören Sie auf! Quatschen Sie mich nicht an in Ihrem Kino-Deutsch! Verschonen Sie mich mit Ihrem Kitsch! Kein Wort mehr! Ich könnte mich vergessen und Ihnen in Ihren preziösen Hintern treten!

DIE BLINDE *schreit zurück* Sind Sie verrückt geworden?! Sie Affe! Was bilden Sie sich ein? Lächerlicher Pickel! Warte! Dir werde ich deine Unverschämtheiten austreiben mit allen Mitteln, die mir zur Verfügung stehen, einschließlich meines preziösen Hinterns!

MAX *zum* BARMANN Ich brülle, Sie lächeln. Was wissen Sie? Sie Schmunzler! Sie schmunzeln sich um Ihren Verstand!

BARMANN *brüllt ihn an* Sie ist sehbehindert, du Idiot!

DIE BLINDE Sehbehindert? Ich bin blind! Schwarz wie die Nacht. Ist es das, was Sie fürchten?

MAX *leise* Sie sehen nichts?

DIE BLINDE Nein.

MAX Entschuldigung. Kann ich irgend etwas tun? Brauchen Sie Hilfe?

DIE BLINDE Ich pfeif drauf. Ich denke, du bist zu dumm, um mir eine Gutenachtgeschichte vorzulesen. Ich suche jemanden, der mir eine Gutenachtgeschichte vorliest. Darum geht's. Du Affe. Aber mit dem Organ, mit deiner Quetschstimme, denk ich doch, ich höre Werbefunk.

MAX O nein, das haben Sie jetzt nicht gesagt ... Das darf nicht wahr sein. Ich glaube nicht, daß ich das eben gehört habe. Ich könnte Sie erwürgen, wissen Sie das?! Verdammter Mist!

MAX *geht auf die offene Bühne und kommt vor eine große Reklametafel. Auf dem Plakat sieht man das künstlich erschrockene Gesicht einer jungen Frau, der eine Männerhand ein Glas Milch gegen die Schläfe drückt. Auf dem Grund des Glases funkelt ein Diamant. Darunter der Text: ›Das reinste Gift.‹ Im Vordergrund sitzt im Dunkeln* LENA *auf einer Bank.*

MAX *zum Plakat* Starr mich nicht so an! Ich kaufe keine Diamanten! ... Wie seid ihr nur so schrecklich reich geworden?! Wie soll das bloß weitergehen? Sieh da! Der schöne neue Mensch! Unergründlich flach und reich. Alles Reklame. Euer Westen. Ist es denn zu fassen? Wie fertig, wie bösartig fertig sind eure ›Schönheiten‹ hier. Alles Reklame. Vom Himmel bis zur Toilettenschüssel. Bunte Schneeflocken. Gefärbter Winter. Alles fertig, zu Ende probiert, es läuft, funktioniert, es genügt. Und das Schönweh – das Schönweh wird mit Puppengesichtern und Diamanten abgespeist.

DAS MÄDCHEN AUF DEM PLAKAT Drüben gibt es auch Puppengesichter.

MAX Ich stecke fest, kann mich nicht rühren, eingepreßt in einen unschmelzbaren Eisblock unter der Seychellen-Sonne! Ja, ergeht euch nur in diesem riesigen Vergnügungspark mit seinen Horrorspielen, Untergangsballetten, wo keiner weiß vom anderen, ob er noch Besucher ist oder schon ein ausgestopftes Exemplar, das hier für alle Zeiten sein Wohlleben aus den Tagen der Diamanten vorführt.

LENA Ich habe einmal gedacht, als ich dich traf, was für ein ungleicher Mann! Ein Teil von ihm schwebt, ein anderer hinkt. Wie feurig und wie geplagt! Jetzt sehe ich oft, es ist mehr Rauch als Feuer. Du sprichst dich fest, bis es zischt und dampft, wie Kolbenfraß.

MAX Lena, Liebste, Beste, sag mir, was soll ich tun? Was soll ich nur tun? Die eine ist die helle Frau, die andere ist die dunkle. Die eine ist wie der Fisch mit seiner kalten Heiligkeit. Die andere ist wie der Vogel. Mit seiner Umsicht und Wärme. Wen wähle ich? Fisch oder Vogel ... Ich sehne mich nach der hellen. Ich sehne mich nach der Schauspielerin. Ihr muß ich folgen. Sie ist es, sie ganz allein, arm und groß, ohne jede Habe, ohne eignes Sein – die nur so tut als ob und damit doch mehr tut als die ganze übrige Welt.

LENA Ich sorge für dich! Ich! Ja, laß mich schreien! Ich dulde nicht, daß es da noch eine andere gibt. Ich reiße mich ab, damit du gerade stehst. Ich ertrag dein Unglücklichsein, glaubst du, für mich ist es eine Freude? Ich schenk dir mein Leben und du mißachtest es schon! Ich glaube, du weißt nicht, was du tust! Hör auf! Ich rate dir gut. Laß sie in Ruh – laß sie sofort in Ruhe.

MAX Du hast mir geholfen viele Male. Und doch ist alles immer nur schlimmer geworden. Wir sind beide zu lange im Dunkeln gewesen, Lena.

LENA Ich habe dich im Dunkeln gut gesehen, während du mich seit langem nicht mehr erkanntest. Es kommt alles nur daher, daß du es nie gesagt hast, nie die drei wenigen Worte.

MAX Ich fürchte, ich werde sie niemals sagen. Es nicht können.

LENA Auch nicht zu ihr?

MAX *schweigt.*

LENA Wie klein wir auf einmal werden voreinander, wie entfernt schon!

MAX Laß uns was trinken. Irgend etwas mache ich immer falsch. Meine Hände zittern. Ich habe Angst. Laß uns was trinken.

LENA Nein. Es ist vorbei.

MAX Komm, laß uns nach Hause gehen.

LENA Ich denke nicht daran.

MAX Was willst du tun?

LENA Ich werde dich töten.

MAX Was soll das?

LENA Bleib sitzen. Keine Angst. Nicht jetzt.

Sie geht geradewegs auf die Reklametafel zu. Sie öffnet sich, LENA *schreitet hindurch und betritt einen nebligen*

Atelierraum, in dem der FOTOGRAF *sein Modell, das* PLAKATMÄDCHEN, *fotografiert. Es steht in zerfetztem Kleid wie das Mädchen mit den Schwefelhölzern auf einem Podest vor einer weißen Wand. Es hält eine Geige in der Hand, neben ihm ein kleiner Hocker.* LENA *bleibt im Hintergrund, zündet sich eine Zigarette an.* MAX *steht wie gebannt vor dem Spalt der Reklametafel und beobachtet die folgende Szene.*

FOTOGRAF Bleib an der Wand. Näher. Ich nagle dich fest. Stell den Fuß auf den Hocker. Knie hoch. Schenkel frei. Geige an den Hals. Zieh den Strumpf hoch. Bis oben hin.

PLAKATMÄDCHEN Ich kann nicht gleichzeitig Geige spielen und den Strumpf hochziehen.

FOTOGRAF Was kannst du nicht? Ich werde dir zeigen, was du alles kannst. Ich hämmere dich an die Wand, daß nichts mehr von dir übrigbleibt . . .

MAX *hält sich die Ohren zu. Die Reklametafel schließt sich wieder. Dunkel.*

Vor der Probe. VOLKER *geht rasch über die Bühne.* MAX *kommt von hinten, hält ihn auf . . .*

MAX Volker! Eine Sekunde! Ich hab mir was überlegt für die Rolle. Ich glaube, ich weiß jetzt, wie ich den Teichmann anlegen muß. Heute nacht, plötzlich, habe ich die Rolle am Kanthaken gepackt.

VOLKER Ich muß etwas mit dir besprechen, Max . . .

MAX Gleich. Der Joseph hat natürlich recht. Ich habe von Anfang an auf einen falschen Schluß zu gespielt. Paß auf! Was sagt die Fabel? Brückner wird am Ende rehabilitiert. Gut. Irgend jemand in Australien hat seine Experimente wiederholt, er ist also kein Fälscher. So scheint es. Aber: Niemand wird je herausfinden, ob seine Riesenkröte nun tatsächlich existierte oder nicht. Das bleibt für immer sein Geheimnis. Gut. Was tut er? Er tut etwas sehr Geschicktes. Er leiht sich die große Prospero-Geste, er zerbricht den gentechnischen Zauberstab, er wird vom Saulus zum Paulus, reist von Kongreß zu Kongreß und verkündet seine neue Wissenschaftsmoral: Bis hierher und nicht weiter! Aber – jetzt kommt's! –

VOLKER Du bist umbesetzt, Max.

MAX Seine Tochter und ich, Dr. Bernd Teichmann ... wie? Was sagst du?

VOLKER Ja. Verdammt. Ich kann es nicht ändern. Ich habe versucht, ihn umzustimmen. Er will nicht. Er will es nun einfach nicht. Er weigert sich, weiter mit dir zu probieren.

MAX Ich will diese Rolle spielen, für mein Leben! Ich habe mich so gefreut auf diese Arbeit.

VOLKER Wir müssen uns irgend etwas anderes überlegen.

MAX Ich will einmal mit Karl Joseph auf der Bühne gestanden haben!

VOLKER Er will nicht mehr.

MAX Ich versteh ihn – ich verstehe ihn ja. Ich habe ihm noch nicht gezeigt, was in mir steckt. Ich meine, ich hab's jetzt. Ich bin jetzt reif für den Teichmann.

VOLKER Wenn du in der Produktion bleiben willst, könntest du Assistenz machen bei mir.

MAX Ich soll mit ansehen, wie ich nicht spiele?! Das kann nicht dein Ernst sein ...

VOLKER Laß uns später darüber reden. Ich muß schnell in die Requisite.

MAX *läuft hinter ihm her.* Nein! Jetzt! Er hat noch gar nichts von mir gesehen ... *Beide ab.*

Aus dem Hintergrund kommen EDNA GRUBER *und der* PFÖRTNER. *Er trägt ein in Decken gewickeltes Lamm.*

EDNA GRUBER Bitte, legen Sie es ganz vorsichtig auf den Stuhl. Warum muß das mir passieren? Es ist mir vor den Jeep gelaufen, ich habe es nicht gesehen! Es tut mir so schrecklich weh. Der Arzt meint, es wird überleben. Aber wenn es aufwacht, bitte, dann rufe ich Sie. Dann nehmen Sie es zu sich, ja? Bis die Probe zu Ende ist.

PFÖRTNER Ja, ja. So ist das. Eben noch hat es an der Zibbe gehangen, geruckt und gezuckelt und seine kleine Schnauze ins Euter gestoßen, und dann passiert ihm was, es verunfallt, das Muttertier schnuppert noch mal an ihm und läuft einfach weiter, kümmert sich nicht mehr um das verletzte Junge. Dabei blickt es genauso um Hilfe flehend wie ein Mensch. Und doch hilft ihm kein Artgenosse. Der Instinkt gibt das nicht her. Ich glaube, wenn Tiere sich etwas wünschen könnten, dann wünschten sie sich, daß sie einander helfen und retten könnten wie die Menschen.

EDNA GRUBER Sie lieben Tiere! Ich spüre es. Wie fein Sie über ihre Seele reden!

PFÖRTNER Wir haben selbst zu Hause einen grünen Leguan großgezogen. Einssiebzig.

EDNA GRUBER Einen Leguan? Nein! Bitte schön, den möchte ich sehen! Immer wollte ich mir einen anschaffen. Den müssen Sie mir zeigen!

PFÖRTNER Gern, ja.

EDNA GRUBER Heute noch!

PFÖRTNER Wenn Sie mögen.

Sie schlingt den Arm um seine Schulter und küßt ihn. Von links tritt MAX *aus der Gasse und beobachtet die Szene.*

EDNA GRUBER Hör zu: Du hast in der Liebe noch einen Versuch frei. Scheiterst du, bleibt dein Herz kalt für immer. Das ist ein Wahrspruch ... Gehen Sie jetzt. Gehen Sie! – Ich rufe Sie!

MAX *für sich* Ich denke, ich träume. Ich wache auf: und träum immer noch – so bös, so bös ...! *Ruft nach oben.* Himmel! – kein Wort?

HIMMEL Wozu? Beweg dich und schmilz!

KARL JOSEPH *tritt in Begleitung eines* JUNGEN MANNES *auf.*

KARL JOSEPH *an* MAX *vorbeigehend* Guten Tag.

MAX Was haben Sie gesagt?

KARL JOSEPH Guten Tag. Oder guten Morgen. Wie Sie mögen.

MAX Wünschen Sie mir entweder einen guten Tag mit Inbrunst und indem Sie auch meinen, was Sie sagen – oder schweigen Sie! Oder denken Sie sich einen wunschlosen Gruß aus.

VOLKER *tritt auf; alle hören* MAX *zu, der* KARL JOSEPH *und seinen Begleiter umkreist.*

Ich ertrage sie nicht mehr, die Inhaltsleere der guten Wünsche. Sie beginnt zu schmerzen. Wie Flüche. Es tut weh: ›Schönen Tag noch‹, der Postbote. Am Donnerstag bereits: ›Schönes Wochenende‹, am Bankschalter. Am Montag früh: ›Schöne Woche noch‹, am Zeitungskiosk. Wann hat man je einen Menschen sagen hören: schließlich und endlich, jawohl, ich hatte gestern einen guten Tag. Ich danke Ihnen, daß Sie ihn mir gewünscht haben. Ihr Wunsch ist prompt in Erfüllung gegangen. Wünscht mir hier wirklich jemand einen guten Tag? Was? Ich könnt's gebrauchen.

Er geht nach hinten. Kommt noch einmal vor; zu KARL JOSEPH ›Ich weiß nicht, ob Sie sich noch an mich erinnern, Herr Professor Brückner‹ – ich komme am Rande eines Portierromans vor. Ich werde auf Seite 232 einmal beiläufig erwähnt! *Er geht rasch ab.*

KARL JOSEPH Exaltierter Bursche. Schade um ihn. Man hätte ihn früh an die Kandarre nehmen müssen. Bei diesen labilen Naturen weiß man nie, was dahinter steckt. Ich erinnere mich, vor vielen Jahren besuchte ich einmal die Aufführung einer Laienspielgruppe. Ich glaube, es war so um achtundvierzig herum, kurz vor der Währungsreform. Irgendwo in einem Hamburger Vereinssaal. Ich weiß es noch wie heute. Lauter brave Bürger, sollte man meinen, die sich mit Feuereifer in die Schauspielkunst verbissen hatten. Aber dann im zweiten Teil, nach der Pause, schieden auf einmal verdächtig viele Personen aus der Handlung des Stücks aus. Schließlich blieb nur einer zurück, trat an die Rampe und erging sich in kolossalen expressionistischen Wortgemälden. Offenbar war er gleichzeitig der Autor des Stücks. In Wahrheit war es aber eine Art Hehler. Denn während er seinen Monolog hielt, strolchten die anderen Schauspieler durch das Haus, fielen über die Garderobe her und stahlen dem Publikum sämtliche Mäntel und Hüte. Keiner erschien mehr zum Verbeugen. Die waren längst über alle Berge. Aber so war das damals, die meisten hatten ja nichts. Man konnte nirgends vor Dieben sicher sein.

Die Garderobendekoration schiebt sich vor die Szene.

Eine junge Garderobenfrau *liest in einem Buch. Im Hintergrund eine Tür zum Theatersaal.* Max *in der Maske des* Zuschauers *kommt eilig heraus.*

Der Zuschauer *zur* Garderobenfrau Entschuldigen Sie, könnten Sie so freundlich sein und einmal nachsehen, ob mein Mantel noch da ist?

Garderobenfrau Geben Sie mir Ihre Marke? *Lacht* Das ist ja die Nummer 232!

Der Zuschauer Ja – und?

Garderobenfrau Ach, nichts. Ich bin gerade auf Seite 232. *Sie bringt ihm den Mantel.*

Der Zuschauer Sie passen doch gut auf ihn auf, nicht wahr? . . . Was für ein Abend! Ich gehe ins Theater, um mir die Sorgen zu vertreiben. Was sehe ich aber auf der Bühne: haargenau meine Sorgen. Ein Stück, wie es alltäglicher nicht sein könnte. Man kommt von der Garderobe und betritt den Zuschauerraum. Man nimmt Platz. Der Vorhang öffnet sich, und man sieht vor sich wiederum die Garderobe. Ein Mensch tritt auf, einem selbst zum Verwechseln ähnlich, jemand, der offenbar überstürzt ein Schauspiel verlassen hat und sich nun bei der Garderobenfrau darüber beschwert, daß ihm das Theater zu alltäglich, zu gegenwärtig, zu wirklichkeitsnah und persönlich nur allzu bekannt vorkommt. Womit ich mir meine eigenen Worte des Abscheus sparen kann.

Garderobenfrau Die Leute amüsieren sich. Sie hören es.

Zuschauer Natürlich. Sie amüsieren sich. Sie amüsieren sich über mich. Das ist mir nichts Neues. Das erlebe ich jeden Tag bei mir zu Hause. Dafür brauche ich nicht ins Theater zu gehen und 32 Mark Eintritt zu bezahlen.

Man will doch den idealen Menschen sehen, den es nur auf der Bühne, in angemessener Entfernung, gibt. Idole will man sehen für sein Geld. Ich halte das ganze Stück im Grunde für eine Anspielung auf meine Person. Genauso stehe ich da, Sie sehen es selbst, wie auf der Bühne. Wie heißt denn der Autor? *Er sieht ins Programmheft.* Bertrand Vobis. Hm. Ist mir nie begegnet. Aber er muß mich kennen, und zwar auf eine ungeheuerliche Weise. Bertrand Vobis. Wahrscheinlich ein Pseudonym. Ich habe das Gefühl, es könnte ein Neffe von mir sein. Oder ein Freund meines Bruders. Nein, der ist ein Kretin. Der weiß nichts über mich. Ich gehe da nicht wieder hinein.

GARDEROBENFRAU Warum gefällt Ihnen das Stück nicht? Es ist ein schönes Stück. Die Schauspieler sind sehr gut.

ZUSCHAUER Wenn das ein schönes Stück ist, so wäre mein Leben schön. Wenn das gute Schauspieler sind, wäre ich ein Naturtalent. Stünde ich selbst auf der Bühne und brauchte mich nicht als Zuschauer über einen Zuschauer auf der Bühne zu ärgern. Ich habe letztlich keinen Schauspieler gesehen, sondern einen glücklosen Mann, den es auf die Bühne verschlagen hat. Letztlich mich selbst, darf ich wohl sagen. Was tut er übrigens, dieser Mann, nachdem er das Schauspiel verließ und sich mit der Garderobenfrau unterhalten hat?

GARDEROBENFRAU Er geht wieder hinein. Er läßt sich von ihr überzeugen, daß es sich lohnt, das Stück bis zum Ende anzusehen. Sie sagt, daß sie nach der Vorstellung gern mit ihm darüber diskutieren würde. Daraus ergibt sich dann eben die berühmte Liebesgeschichte.

Der Zuschauer Die berühmte Liebesgeschichte? Berühmt, hm, hm. Na ja. Das ist eben so auf dem Theater. Die Wirklichkeit sieht allemal anders aus.

Die Blinde *kommt aus der Saaltür.*

Die Blinde Mein Gott! Was für ein Publikum! Ich habe das Gefühl, ich ersticke. Ich spiele im Leichenschauhaus.

Sie setzt ihre dunkle Brille ab und nimmt zwei Pflaster von den Augen.

Der Zuschauer Ah, Sie haben wirklich blind gespielt...!

Die Blinde Bettinchen, hast du eine Zigarette für mich?

Garderobenfrau Stell dir vor, der Herr hier möchte schon gehen.

Die Blinde Gehen? Jetzt schon?

Garderobenfrau Es gefällt ihm nicht.

Der Zuschauer Nun, so kraß würde ich es nicht ausdrücken ...

Die Blinde Offen gesagt, wenn ich in einem solchen Publikum säße wie heute abend, würde mir auch nichts gefallen. Ein miserables Publikum. Es muß einem ja auf den Atem schlagen, auf die Begeisterungsfähigkeit, wenn man mitten in einem solchen Publikum sitzt. Tot, mausetot. Das ist kein Publikum für Sie, mein Herr. Ich verstehe sehr gut, wie Ihnen zumute ist. Sie müssen sich entfernen aus diesem Publikum, wenn Sie das Schauspiel innerlich miterleben wollen. Sie müssen sich als selbständiger Zuschauer in Sicherheit bringen, um nicht in diesen Massensarg hinuntergezogen zu werden. Tot, verwest, versteinert. Kommen Sie mit mir, ich werde Sie in Sicherheit bringen. Es gibt nur einen einzigen Ort, wo man nicht mit Publikum in Berührung kommt; überall ist es ja. In den Straßen, in Kaufhäusern, Flugzeugen, sogar in der Heide – überall Publikum. Nur einen Ort gibt es auf der Welt, wo Sie sicher sind vor jeder unerwünschten Begegnung, und dorthin will ich Sie bringen.

DER ZUSCHAUER Das Publikum stört mich eigentlich am wenigsten ...

Eine FRAU *kommt am Arm eines* MANNES.

GARDEROBENFRAU Kein Einlaß jetzt. Es ist gleich Pause.

DER ZUSCHAUER Lena! *zu der* BLINDEN Entschuldigen Sie, meine Frau – Lena, was machst du hier? Mit wem gehst du da ins Theater?

DIE FRAU Ich bin das gar nicht.

DER ZUSCHAUER *greift sich an die Stirn.* Nein. Ich seh's. Entschuldigung. Das Theater hat mich vollkommen verwirrt.

DER MANN Scheint ja sehr amüsant zu sein, wie? Komm, Liebes, bist erschrocken. Trinken wir ein Piccolo in der Bar.

DIE BLINDE Kommen Sie! Schnell! Ich muß zum Auftritt.

DIE BLINDE *und* DER ZUSCHAUER *gehen zur Saaltür.*

GARDEROBENFRAU Bis später! Vergessen Sie nicht: Ich warte auf Sie nach der Vorstellung.

Dunkel

III

Eine grauweiße Mauer über die ganze Breite der Bühne. Darunter Gestelle, Podeste, rechts eine einzelne Wurfbude. Toter Jahrmarkt. Der WURFBUDENMANN *lehnt über der Theke.* MAX *betrachtet sich in einer Spiegelscherbe.*

MAX Ist der Kerl noch des Spottes wert? Wahrscheinlich nicht. Aber man darf auch nicht so tun, als gäbe es ihn nicht. Max heißt das Gebilde. Mittelmax, Untermax, Hochmax oder Nebenmax: Wen wollen Sie sprechen? Jeden Tag verliere ich an Gesicht wie der Diarrhöeiker an Gewicht. Ich schaue in den Spiegel und gewinne einen äußerst verwechselbaren Eindruck. Fast irgendwer. Nicht irgendein anderer. Das wäre schizophren und ganz gewöhnlich. Sondern ich selbst als irgendwer. Ich werde mir einen Bart stehen lassen, um den Gesichtsrutsch aufzuhalten. Ich lasse mich terrassieren.

WURFBUDENMANN Sie sind mir in Ihrer Selbstquälerei sehr sympathisch. Eine ausgesprochen entgegenkommende Erscheinung. Ich könnte Sie nicht besser quälen, als Sie es tun. Ich schone Sie also voller Bewunderung und genußreicher Entspannung.

MAX Ich trete zu Ihnen, ich grüße Sie und blicke in den tieferen Grund Ihrer Bude, in dem ein greises Neonlicht zittert, das Sie vermutlich an Jahren bereits übertrifft. Ich sehe, daß die Regale, die sonst von Preisen – von Gewinnartikeln überquellen, bei Ihnen gänzlich leer sind. Einzig eine Blumenwanne aus geschliffenem Kristall steht verloren dort, um gewonnen zu werden. Wie oft müssen die Dosen fallen, bis ich das Ding da gewinne?

WURFBUDENMANN Fangen Sie erst einmal an. Wir werden sehen. Wie oft, das kann ich im voraus nicht sagen.

MAX Was liegt dort, in blaues Seidenpapier gewickelt, am Grund der Blumenwanne?

WURFBUDENMANN Der Hauptgewinn. Der erste und einzige. The one and only. Der absolute Treffer.

MAX Aha. Der Hauptgewinn ist also nicht die Wanne selbst?

WURFBUDENMANN Keineswegs. Sie ist nicht zu gewinnen.

MAX Mit anderen Worten: Sie bieten keine Nebengewinne, Trostpreise etc. Bei Ihnen geht es stets ums Ganze.

WURFBUDENMANN Gegen die formlose Breite der Angebote setze ich meine Wasser-Vase.

MAX Eine Wasser-Vase ist das also.

WURFBUDENMANN Jawohl, eine Wasser-Vase.

MAX Ein glücklicher Gegenstand.

WURFBUDENMANN Bestimmt. Sie braucht ihren Besitzer nicht zu wechseln.

MAX Aber sie muß ihren Inhalt herausgeben.

WURFBUDENMANN Nur im äußersten Glücksfall.

Die beiden – MAX *nach innen,* WURFBUDENMANN *nach außen über die Theke lehnend – kehren die Köpfe zueinander.*

MAX Ich sehe, Sie sind ein Narr.

WURFBUDENMANN Sie sind ein Narr.

MAX Es ist enttäuschend, am Ende seiner Wege anzukommen und dort als erstes jemanden wie sich selber zu treffen.

WURFBUDENMANN Sie übertreiben. Ich habe mit Ihnen weniger gemein, als Sie glauben.

MAX Guter Mann, ich erkenne mich in Ihnen. Da hilft Ihnen nichts.

WURFBUDENMANN Stützen wir uns lieber auf das Brett

und sehen jeder in seine Richtung. Es könnte sonst Ärger geben.

MAX Weshalb sind Sie hier? Sie gehören zum fahrenden Volk. Warum ziehen Sie nicht herum? Warum sind Sie nicht unterwegs? Hier ist nichts los, keine Messe, kein Rummel –

WURFBUDENMANN Ich bleibe in meiner Bude und warte, bis es wieder Jahrmarkt wird. Aufbauen, abbauen. Wiederaufbau. Wiederabbau. Das liegt mir nicht. Und dann: wiederaufbauen – wiederabbauen? Nein. Ich lasse alles, wie es ist. Der Jahrmarkt kommt ganz von selbst zurück. Bis dahin bin ich eben hier der Einsamste von allen.

MAX Das bin zweifellos ich.

WURFBUDENMANN Wagen Sie es!

MAX Ich weiche vor Ihnen keinen Fingerbreit von meiner Einsamkeit.

WURFBUDENMANN Gehen Sie! Machen Sie schleunigst, daß Sie fortkommen.

MAX Und wenn Sie zehnfach vor mir stünden! Hier bin der Einsamste ich ganz allein.

WURFBUDENMANN Verschwinde, du Hund! Ich schlage dich tot!

MAX *streckt ihm eine ungeöffnete Schachtel Zigaretten entgegen, fingert an der Packung.*

MAX Warten Sie! Einen Augenblick! Verdammt! Diese mörderischen Verpackungen! Das muß man nun auch noch ertragen. Verspanntes Ding! Geht nicht auf. Kein Mensch mit seinen natürlichen uralten Händen kann diese modernen Verpackungen öffnen!

Er wirft die Schachtel zu Boden und trampelt darauf herum.

WURFBUDENMANN Man mißhandelt die Dinge nicht. Sie sind gefühllos.

MAX Was denn! Auch die Dinge können sich zusammennehmen.

WURFBUDENMANN Ich rauche nicht. Sie zertreten Ihren eigenen Genuß.

LENA *kommt am Arm des* ZUSCHAUERS (MAX-DOUBLE). *Der Mann steht schüchtern abgewandt und raucht.*

LENA Reißt alles auf, findet nie die richtige Lasche, zerstört jedes Geschenk, bevor er's ausgepackt hat, schmeißt es auf den Boden und wütet drauf herum –

MAX Lena?!

LENA Immer noch der alte Verpackungs-Choleriker?

MAX Wo kommst du her? Wer ist der Mann an deinem Arm?

LENA Ich bringe ihn nur rasch über die Bühne.

MAX Bleib stehen! Wer sind Sie? – Was machen Sie am Arm meiner Frau? – Warum bist du hier? – Wer ist das? – Was ist los? – Wollen Sie ihr Geld oder wen wollen Sie?

ZUSCHAUER/MAX-DOUBLE Nein, nein. Ich sag nix.

MAX Ich bin vollkommen außer mir. Ich suche dich überall und plötzlich streifst du mit einem fremden Mann vorbei, aus dem heiteren Nichts –

LENA Aber er spielt doch gar nicht mit.

MAX Was hat er dann hier verloren? Hören Sie: Bei dieser Frau haben Sie nicht die mindeste Chance –

LENA Es ist lächerlich, eifersüchtig auf jemanden zu sein, der gar nicht mitspielt.

MAX Er kann es mir doch bitte schön selber erklären. Sie! Ich greife Sie an – lächeln Sie nicht!

LENA Der Mann ist ein Zuschauer. Laß ihn gefälligst in

Ruhe! Du bist immer noch so unruhig und verstehst die Welt immer weniger.

MAX Bleib! Wohin gehst du? Ich muß mit dir sprechen! Man hat mich fortgeschmissen wie einen zerbeulten Sektkübel ...

LENA Warte, bis ich wiederkomme.

LENA *und* ZUSCHAUER/MAX-DOUBLE *ab.*

MAX Wie soll ich das begreifen? Wie verhält sich ein Hauptdarsteller, dessen Frau sich mit einem Zuschauer einläßt? Davon erholt er sich nicht. Das verzeiht ihm kein Publikum der Welt. *Zum* WURFBUDENMANN Und Sie? Sie dösen. Na ja. Es kommt eben alles zusammen. Genug. Schluß. Ich bin fertig mit der Welt. Restlos fertig. Es gibt nur noch mich und diesen Schrebergarten dort drüben hinter der Mauer. Ich vermisse den Schatten einer Einsicht, auch bei Ihnen, daß wir alle nur halb hier herumlaufen – alle nur einäugig, einwangig, halbherzig, denn es gibt noch ein anderes Land der Deutschen! Gäbe es das nicht, ich hätte meine Existenz längst zusammengeklappt wie einen Marktstand und abtransportiert.

Ein Mann mit einem langen Holzstab, an dem ein kleiner ovaler augenförmiger LAUTSPRECHER *befestigt ist und weiter unten eine Frauenhand, ist im Hintergrund aufgetaucht und hat sich auf den Rand eines Podestes gesetzt. Während der* STAB-MANN *seine Vesperbrote ißt, reibt er mit einer Hand am Stab auf und ab.*

LAUTSPRECHER *Frauenstimme; verzerrter, heiserer Ton* Laß das. Iß nicht soviel.

MAX Wer spricht?

WURFBUDENMANN Seine Geliebte spricht. Oder was ihm von ihr geblieben ist.

STAB-MANN Gefällt es dir hier?

LAUTSPRECHER Allerliebstes Plätzchen.

Eine Scheibe Brot fällt ihm zu Boden.

STAB-MANN Verdammter Mist.

LAUTSPRECHER Hör auf zu fluchen. Sitz still. Steck deine Hand in die Hose. Nein. Hol sie wieder raus. Es ist noch nicht soweit. Nimm dich zusammen. Warte, bis es soweit ist. Denk nach. Achte auf deine Kleidung. Laß dir nichts gefallen. Wozu hast du dein Mundwerk? – Nachdenklich geworden, wie?

STAB-MANN Ich glaube an deine Worte. Sei vorsichtig. Ich hänge an deinen Worten. Sie sind alles, was ich – noch – habe von dir.

LAUTSPRECHER Noch mal, Liebster, noch mal. Sag das noch einmal und noch einmal und noch einmal.

STAB-MANN Ich hänge an deinen Worten. Sie sind alles, was ich – noch – habe von dir.

MAX *will abgehen* Dafür muß man eine gesunde Seele besitzen. Doch nicht jede gesunde Seele ist auch eine besonders reiche ...

LAUTSPRECHER He! Chef!

MAX *zum* LAUTSPRECHER Ich verbitte mir diese Anrede! Sind Sie ein Türke?!

LAUTSPRECHER *kleinlaut* Nein.

MAX Na also. Ich lasse mich von Ihnen nicht flapsig anreden. Soweit sind wir noch lange nicht!

LAUTSPRECHER Der kennt mich auch nicht mehr.

STAB-MANN Hören Sie, sie hat es nicht übel gemeint. Spielen Sie sich doch nicht so auf. Sie sind auch nichts Besseres als sie oder ich oder irgendwer.

LAUTSPRECHER Danke, Marek. Du hast immer, wenn es hart auf hart kommt, meine Partei ergriffen.

STAB-MANN Quatsch du die Leute nicht an. Ganz was Neues.

LAUTSPRECHER Für alles Neue aufgeschlossen, hm hm hm.

STAB-MANN Sie ist eine gute Frau, merken Sie sich das!

MAX Ich wollte Ihnen nicht zu nahetreten. Es tut mir leid, aber ich bin selbst ein leicht erregbarer Mensch.

LAUTSPRECHER Macht nichts. Mit uns kann man ja reden. Wir beide sind pflegeleicht. Kannst ihm ruhig alles erklären, Äffchen.

STAB-MANN Nein. Nicht jetzt. Wenn alles vorbei ist.

LAUTSPRECHER Was denn?

STAB-MANN Na ja. Wenn alles vorbei ist.

LAUTSPRECHER Was meinst du nur? Was soll denn vorbei sein?

STAB-MANN Na, die ganze Aufregung. Weißt du doch.

LAUTSPRECHER Aber du bist die meiste Zeit aufgeregt. Jeden Morgen, jeden Mittag und erst recht am Abend. Morgens stehst du aufgeregt vor dem Mittag. Mittags stehst du aufgeregt vor dem Abend. Und abends – na, das kannst du dir ja denken.

STAB-MANN Lach nicht so unschön.

LAUTSPRECHER Wenn ich lache, merk ich's nicht so.

STAB-MANN Was?

LAUTSPRECHER Das, was weh tut.

Der WURFBUDENMANN *kommt aus seiner Bude und prüft die Ware, die der* STAB-MANN *in seiner Kiepe neben sich stehen hat.*

WURFBUDENMANN Damit willst du dich auf den Markt drängeln? Mit diesen billigen Plastiktöpfen, die sowieso kostenlos in allen Gärtnereien herumliegen?

STAB-MANN Laß meine Ware in Ruhe. Sie hat dir nichts getan.

LAUTSPRECHER Hast du eigentlich noch das Jucken am Arm, Rudi?

WURFBUDENMANN Was für ein Jucken?

LAUTSPRECHER Du hattest doch immer dieses Jucken am Arm.

WURFBUDENMANN Nein. Hat sich gegeben. Was ist das schon? Ein besseres Loch mit Plastik drumherum. Eine gestandene Überflüssigkeit. Ja, wenn du diese Dinger als Wundertöpfe verkaufen würdest, wenn du mir erklärst: Halten Sie den Pott vor die Stirn, beugen Sie den Kopf nach unten, und Ihr gesamtes Kopfweh fällt hinein – ja dann würde ich ihn sofort kaufen. Hundert Mark dafür wären in Anbetracht meiner Kopfschmerzen ein Klacks.

STAB-MANN *zu* MAX Sehen Sie: Er ist mein Freund. Wir sind Freunde. Aber wissen wir das so genau? Nicht so ganz genau, wie?

WURFBUDENMANN Wir sind alte Freunde, weil wir nichts Besseres gefunden haben.

STAB-MANN Ja. Da ist etwas dran. Fest steht immerhin, daß wir uns, nachdem wir uns nun schon so lange kennen, eigentlich immer noch nicht mögen.

WURFBUDENMANN Es bleiben ein paar leise Vorbehalte, die wir gegeneinander hegen. Ein gewisses Gefühl der Unsicherheit.

STAB-MANN Ich möchte sagen, ein Gefühl von geheimem Mißtrauen. Von unüberwindlicher Abneigung. Von eiskalter Verachtung.

WURFBUDENMANN Ja, so eine leichte Verlegenheit, so ein Anflug von Zweifel, wie man den anderen richtig einschätzen soll.

STAB-MANN Sagen wir's, wie es ist: im Tiefsten – im Tiefsten herrscht zwischen uns das Grauen voreinander.

WURFBUDENMANN Im Tiefsten? Ach, nein. Da habe ich dann wieder ein gutes, gesundes, grundsolides Gefühl für dich.

LAUTSPRECHER Ein feiner Mann, dein Rudi. Ein wahrer Freund. Arme stark wie ein Baum. Stirn massiv wie ein Fels. Augen ein Poem. Trotzdem: Ich mag ihn nicht.

Die BLINDE *betritt, den Stock grazil vor sich hertappend, die Bühne.*

DIE BLINDE Taxi! ... Taxi! *Sie bleibt stehen, lauscht.* Taxi! ... Ist hier jemand?

MAX Sie haben sich verirrt. Wir stehen nicht am Straßenrand.

DIE BLIND Ihre Stimme kenne ich. Sind Sie nicht der kleine Schauspieler aus der Follow me-Bar?

MAX Der kleine Schauspieler ist vielleicht etwas zuviel gesagt ...

DIE BLINDE Führen Sie mich über die Straße, Maximilian Steinberg.

MAX Es gibt keine Straße hier.

DIE BLINDE Bringen Sie mich zum Taxistand!

MAX Ich kann hier nicht weg. Ich habe zu tun ...

DIE BLINDE Begleiten Sie mich! Ich renne vor einen Lastwagen!

LAUTSPRECHER Ein süßes Dingelchen!

MAX Sie weiß nicht, daß sie sich auf die offene Bühne verirrt hat. Sie weiß nicht, daß wir uns hier vor einer größeren Menschenmenge zur Schau stellen. Wenn sie es wüßte, würde sie vor Schreck tot umfallen.

WURFBUDENMANN Aber wir wissen es doch im Grunde auch nicht. *Er geht in seine Bude.*

MAX Ich weiß es. Aber mir ist es gleichgültig. Wie alles andere auch. Daran ermessen Sie vielleicht am besten mein Totsein. Mein inneres Totsein, das ich mit mir herumtrage.

WURFBUDENMANN Jeder Narr in seinem Kleid.

MAX Jeder des anderen Narr. Und keiner gehört mehr zu einem König.

DIE BLINDE *zum* STAB-MANN Bring mich nach Hause. Mein Vorleser ist mir davongelaufen. Du sollst mir eine Gutenachtgeschichte vorlesen.

Dunkel. Nur ein Scheinwerfer auf dem LAUTSPRECHER, *aus dem leis krächzend Musik ertönt. In der Bude fallen Dosen vom Regal.*

WURFBUDENMANN Wie soll denn einer im Finstern aus dieser verdammten Bude herausfinden? Warum gibt's denn hier kein Bodenlicht?

VOLKER *ruft aus der Nullgasse* Ruhe bitte! Achtung! Wir machen weiter. Seid ihr soweit?

STIMMEN *hinter der Bühne* Was ist denn dran? Was wird denn jetzt probiert? Warum sagt einem niemand was?

LAUTSPRECHER *Stimme des Inspizienten* Zweiter Akt, Siebte Szene. Frau Gruber und Herr Joseph bitte.

KARL JOSEPH Kann mir bitte schön jemand zeigen, wie ich hier zu meinem Auftritt komme? Was ist das für eine elende Schlamperei?

VOLKER Stopp! Assistenz! Rüdiger!

EDNA GRUBER *hinter der Bühne* Am besten soll ja Kabbala sein, um geistig fit zu bleiben.

STAB-MANN *hinter der Bühne* Mein Sohn mit zwölf weiß

alles über den Zweiten Weltkrieg. Der kennt jede Panzerschlacht, jeden Stukaeinsatz ...

VOLKER Bitte Ruhe! Konzentriert euch! Und – Auftritt!

Die helle Bühne ohne Schauspieler. Die Bude ist abgeräumt. Nur der LAUTSPRECHER-*Stab ist stehengeblieben. Auf einem Podest unterhalb der Mauer steht eine Heizungsrippe, dahinter ein Karton mit Sektgläsern. Aus der Mauer treten* EDNA GRUBER *und* KARL JOSEPH. *Sie hockt sich an die Heizung und gießt aus einer Flasche Champagner ins Glas.*

KARL JOSEPH *als Professor Brückner* Auch Mendel, der große Gregor Mendel hat seine Statistiken frisiert. Das ist allgemein bekannt. Doch niemand wäre je auf die Idee gekommen, ihn deshalb einen Scharlatan zu nennen.

EDNA GRUBER *als Sonja* Ja, Vater.

Sie stellt das Glas auf die Heizungsrippe. Es fällt nach hinten und zerschellt. Sie nimmt ein neues Glas aus dem Karton, schenkt ein, trinkt und stellt es wieder auf die Heizung, es fällt ebenso etc.

KARL JOSEPH Soll das alles nichts mehr gelten, was ich geleistet habe? Ist es mit einem Mal vollkommen wertlos? Es wird doch wohl noch erinnerlich sein, daß ich es war, der der Immundiagnostik neue Wege wies? Und erinnerlich vielleicht auch meine nicht ganz oberflächlichen Beiträge zur Kausaltherapie humangenetischer Defekte?

EDNA GRUBER Ja, Vater.

KARL JOSEPH Was ist mit dir, Sonja? ›Ja, Vater. Ja, Vater‹ ... Du sitzt den ganzen Tag im Haus herum. Warum gehst du nicht unter Leute?

EDNA GRUBER Vater, ich versuche dir Gesellschaft zu leisten. Ich weiß, daß ich nicht besonders anregend bin, schon gar nicht auf Dauer. Bitte wirf mir nicht noch vor, was ich allein dir zu Gefallen tue.

KARL JOSEPH Mir zu Gefallen? Ich habe dich nicht darum gebeten. Es ist weder deine Pflicht, dich um mich zu kümmern, noch wäre ich etwa außerstande, mich selbst zu beschäftigen.

EDNA GRUBER Du redest heute so und morgen anders.

KARL JOSEPH Du sorgst jedenfalls dafür, daß ich mich mehr und mehr isoliere. Du tust eine Menge, damit ich jeden Kontakt zur Außenwelt – zu meiner Fachwelt verliere. Ich wüßte nicht, worin sich meine gegenwärtige Lage von der in einer Haftanstalt unterschiede. Ich stehe unter deinem Arrest.

EDNA GRUBER In sechzig Vorstellungen werde ich auf diese Weise dreihundert bis vierhundert Gläser zerschmeißen.

KARL JOSEPH Du siehst, es ist eine unüberwindliche Hilflosigkeit, die dir den Arm führt, so daß deine Gläser eins wie das andere entzweigehen.

EDNA GRUBER Wenn uns niemand hilft, schaffen wir beide es auch ohne Text, nicht wahr, Vater?

KARL JOSEPH Aber ja, mein Kleines. Gewiß doch. Siehst du, ich habe ja nur noch dich. Mein liebes schönes Mädchen, mit dem ich soviel Gutes erlebt habe, nur Gutes. Mein Beruf, mein Leben, meine Forschung, alles ist dir gewidmet. Was ich auch immer getan habe, ich habe es nur für dich getan.

EDNA GRUBER Warum – warum hast du es getan, Vater?

KARL JOSEPH Was redest du da? Was ist das für ein Ton? Höre ich Radio? Glaubst du etwa der Öffentlichkeit, dem neidischen Gesindel da draußen, glaubst du denen eher als deinem Vater? Willst du mich verhören in meinem eigenen Haus? Du lächerliche, unbedeutende Person! Du hast in deinem Beruf nichts erreicht, gar nichts. Sorg erst einmal dafür, daß du lebensfähig bist ohne mich! Ist denn der ganze Globus durcheinander? Weißt du denn nicht mehr, wo du hingehörst?

Aus der Mauer tritt MAX.

MAX Herr Professor Brückner?

KARL JOSEPH *dreht sich aufs Stichwort um* Ja – bitte?

MAX Ich weiß nicht, ob Sie sich noch an mich erinnern –

KARL JOSEPH Sind Sie toll? Menschenskind! Bringen Sie mich nicht durcheinander! Dieser verdammte zweite Akt wächst sich ohnehin zu meiner Achillesverse aus. Was suchen Sie hier?

MAX Ich will meine Rolle wiederhaben.

VOLKER *betritt mit einem Walkie-Talkie die Bühne.*

VOLKER Max! Was gibt es? Was soll das? Verschwinde!

MAX *geht zu* VOLKER Ich will meine Rolle wiederhaben.

VOLKER Wir probieren! Das ist eine Probe! *In den Apparat* Bitte jemand, der die Glasscherben auffegt. *Zu* MAX, *leise* Du hast gehört, was passiert ist?

MAX Ja, ich weiß. Mein Nachfolger liegt in der Klinik. Hat sich überschnieft.

VOLKER Anderthalb Gramm Schnee, vier Flaschen Weißwein. Um ein Haar hätte er sich gestern früh vom Balkon gestürzt.

MAX Ja ja, alle sind sie rauschgiftsüchtig. Nur ich bin *er räuspert sich* misanthropisch.

VOLKER Der wußte nicht mehr, ob er Männchen oder Weibchen ist. Edna hat ihn umgedreht, Karl hat ihn wieder zurückgedreht. Der Teufel steckt in diesen Proben.

MAX Das wäre dir mit mir nicht passiert, Volker. Ich wäre niemals zu Edna aufs Land gezogen. Ich kann diese frühverkalkte Weihehaltung höherer künstlerischer Damen auf den Tod nicht ausstehen. Dieses Kultgewese stößt mich ab. Sie hat es ja auch mit mir versucht. Ich bin natürlich nicht darauf reingefallen.

EDNA GRUBER *geht hinter seinem Rücken vorbei.* Du siehst, mein Lieber, ich habe das Meine getan – ich habe mir etwas einfallen lassen, um dir den Rückweg frei zu machen ...

MAX Edna!

Er folgt ihr in die Gasse.

VOLKER *in sein Walkie-Talkie* Ist der Hundertsiebener eingerichtet?

WALKIE-TALKIE Dauert noch ein paar Minuten.

MAX *springt aus der Gasse.* Es gibt Nachmittage, an denen sollte sich mancher Abend ein Beispiel nehmen: so voller Duft und Dunkelheit sind sie! *Er verschwindet wieder.*

KARL JOSEPH *zu Volker* Wenn ich dieses Gespenst noch einmal auf der Probe sehe, reise ich ab.

VOLKER Herr Joseph, wir haben keine Wahl. Wir brauchen einen Teichmann. Und zwar auf der Stelle.

KARL JOSEPH Jeden anderen. Nicht ihn.

VOLKER Ich weiß niemanden. Wir haben keine Zeit mehr, schon wieder nach einem Neuen zu suchen.

KARL JOSEPH Er oder ich. Und wenn diese Frau Zoo, diese Frau Pferdebiß es wagt, hinter meinem Rücken Absprachen zu treffen –

VOLKER Ich treffe hier die Absprachen, Herr Joseph. Ich

habe dafür zu sorgen, daß wir den Premierentermin halten. Das ist mein Job. Ich werde Max Steinberg besetzen. Ob es Ihnen paßt oder nicht.

KARL JOSEPH Sie sind wohl übers Ufer getreten, Sie Rinnsal?

VOLKER Meinetwegen. Meinetwegen. Und Sie machen mit. Sie spielen die Rolle. Ich bin ganz sicher. Ich bin ganz sicher.

KARL JOSEPH Wissen Sie, was Sie mich können? Aber dreimal Götz! Sie Winzling! Ich mache Ihnen hier Ihre Arbeit – ich! mache Ihre Arbeit, verstanden? Sie wissen wohl nicht mehr, wen Sie vor sich haben?

VOLKER Ich weiß es sehr genau. Einen wunderbaren Schauspieler und einen unerträglichen Kollegen.

KARL JOSEPH Das werden Sie bereuen. Ich schwör's Ihnen: Sie werden es bereuen! *Er geht ab.*

VOLKER *ins Walkie-Talkie* Was ist mit dem Hundertsiebener? Seid ihr soweit?

WALKIE-TALKIE Dauert noch ein paar Minuten.

VOLKER Nicht immer dasselbe sagen! Jämmerlich. *Er geht ab.*

KARL JOSEPH *und* EDNA GRUBER *treten aus der Seitengasse.*

EDNA GRUBER Herz, nun hör mir bitte zu!

KARL JOSEPH Lassen Sie mich! Wagen Sie es! Was haben Sie getan? Wo ist Oliver?

EDNA GRUBER Was kann ich dafür? Mit mir hat er nur geflirtet. Bei Ihnen hat er sich zuviel geholt. Das ist die Wahrheit.

KARL JOSEPH Sie haben mich vor einem jungen Kollegen zu einer lächerlichen Figur gemacht.

EDNA GRUBER Ja, mein Gott! Dann seien Sie endlich

einmal lächerlich! Sonst erstarren Sie noch zur Totenmaske. Sie können doch nicht für den Rest Ihrer Tage nur als gutgebügelte Hosenfalte auf der Bühne stehen.

KARL JOSEPH Also – wissen Sie – man hat schon manches gehört –

EDNA GRUBER Entschuldigung, aber ich mußte das mal loswerden.

KARL JOSEPH Sie: unmäßig in Ihrer Begabung, Unheil zu stiften – die Kunst ist Ihnen das Heilige, die Natur, die Tiere, alles ist Ihnen das Heilige – nur an einem jungen Menschen ist Ihnen nichts heilig. Den zertreten Sie wie andere eine Küchenschabe.

EDNA GRUBER Ich habe ihm nichts getan.

KARL JOSEPH Sie haben ihm vermutlich die größte Chance seines Lebens zerstört: einmal mit mir auf der Bühne zu stehen – bereits in so jungen Jahren.

EDNA GRUBER Wissen Sie, was Ihnen fehlt? Ihnen fehlt ein guter Schuß Armseligkeit. Ja, das meine ich wirklich. Sie gehen viel zu vornehm mit sich um – es fehlt Ihnen der Mut, sich lächerlich zu machen, durch den ein Künstler überhaupt erst Größe gewinnt.

KARL JOSEPH So. Schluß. Sie kennen den Text. Ich kenne den Text. Zur Premiere treffen wir uns wieder.

EDNA GRUBER Aber nein, nun warten Sie doch ...

KARL JOSEPH Was soll ich tun? Mich hinstellen und mich entblößen? Wie hätten Sie's denn gern? Ich werde mich von einer mannstollen Vegetarierin in die Schauspielkunst einweihen lassen, soweit kommt es noch! Was wissen Sie von mir? Nichts. Gar nichts. Ach, ich könnte Sie! ... Und wie finden Sie das, wenn ich Ihre Hände nehme am Schluß und anfange zu weinen? Haben Sie's überhaupt bemerkt?

Edna Gruber Ja.

Karl Joseph Und? Wie finden Sie das?

Edna Gruber Ich finde es – ja, gut. Es geht mir eben alles nicht weit genug.

Karl Joseph Aha. Nicht weit genug. Soll ich mich auf dem Boden wälzen? Soll ich Rotz und Wasser flennen?

Edna Gruber Darauf kommt es nicht an. Sie gehen innerlich nicht bis an Ihre Grenze. Sie begeben sich nie wirklich in Gefahr. So wie jetzt, wo Sie gar nicht anders können. Nicht das Können entscheidet – sondern das Nicht-anders-Können, das äußerste, darauf kommt es an. Sie geben nicht genug. Sie könnten viel mehr geben.

Karl Joseph Nein, wahrhaftig, ich habe nie versucht, meine Schwächen für Genie auszugeben. Das ist mir allerdings zuwider. Ich bin auf dem Theater groß geworden zu einer Zeit, als man noch keine Mätzchen brauchte, um berühmt zu werden. Als das gesprochene Wort noch König war auf der Bühne. Als der geistige Hunger noch so groß war, daß man den leeren Bauch darüber vergaß. Und die Menschen mit leuchtenden Augen im ausgebombten Parkett am Boden kauerten. Heute gibt es mehr Stühle als Hintern. Damals war es umgekehrt. Nun ja. Seltsame Zeit, übriggeblieben zu sein. Alle fort, die großen Damen und Herrn von der alten Garde. Die Helden und Komödianten, alle Plätze leer, nie wieder besetzt worden. Manchmal, stelle ich fest, kennen mich die jungen Leute schon nicht mehr. Oliver zum Beispiel, er wußte nicht, wer ich bin. Kannte mich nicht. Tja, da will ein junger Mensch zum Theater und kennt nicht mal meinen Namen. Aber so ist das eben. Berühmt. Was heißt das schon? Persil ist berühmt, hat der gute Wedekind gesagt. Nicht wahr, Sie machen einen großen Fehler, Edna: Sie sind eine Lügnerin auf der Bühne.

EDNA GRUBER *läßt* KARL JOSEPH *abrupt stehen. Er setzt sich auf den Rand eines Podests. Etwas später tritt* MAX *auf, hält sich im Hintergrund.*

KARL JOSEPH Was willst du?

MAX Nichts.

KARL JOSEPH Ich habe dir doch gesagt, daß ich dich nicht mehr sehen will.

MAX Ja. Stimmt schon.

KARL JOSEPH Ich muß einen Augenblick ausruhen. Meine Augenfusseln.

MAX Eine Tasse Kaffee?

KARL JOSEPH Ja, eine Tasse Kaffee. Genau das Falsche. Wahrhaftig: falscher ginge es nicht. Ich liege nachts auf einem Krötenkissen. Unter meinem Kopf hüpfen Hunderte von Kröten hin und her. Das ist kein Schlaf, mein Junge. Sie hat keinen Blick für den Menschen, behaupte ich. Sie hat keinen Sinn für das Feinere am Menschen. Die Dame mit der Daumenkappe. Man hat sie der Vergessenheit entrissen. Genauso sieht sie aus. Aber, warte nur, in den Vorstellungen. Wenn wir erst die Vorstellungen spielen, dann laß ich sie absaufen. Dann geht sie unter wie eine bleierne Ente.

Pause

MAX Ich bin jetzt fertig. Ich wär jetzt soweit.

KARL JOSEPH Paß auf: Ich kann dir nichts schenken von mir. Du mußt es schon alleine schaffen.

MAX Nein, nein, ich habe keine Mühe mehr, ganz bestimmt nicht, ich schaffe es schon, ich habe jetzt den Bogen raus, kommt schon, keine Bange. Ich habe mir da etwas zurechtgelegt für unsere erste Szene, nämlich, also, ich komme von dort. Sie stehen hier, man könnte eben auch denken, aber, egal, lassen wir das, es herrscht ja nicht gerade Frohe Ostern zwischen ihm und mir, in dem Augenblick, nehm ich doch mal an –

Karl Joseph Steinberg, halt die Klappe.

Max Na ja, so ähnlich.

Karl Joseph Ein Puster über der heißen Suppe, das sind Sie, jedenfalls auf der Bühne.

Max Nur damit Sie sich die Zunge nicht verbrennen, Herr Joseph.

Karl Joseph Häßlich spielen Sie, Menschenskind! Häßlich und ungesund. Ohne inneren Schwung, ohne äußere Anmut. Na? Tut's weh?

Max Nein. Schmerzt mich nicht. Schmerzt nicht. Ich bin viel gleichgültiger, als Sie denken. Ich bin wie ein kleiner Kegel auf seiner Spitze, der tanzt nach jedem Peitschenhieb . . .

Karl Joseph Man soll niemanden von uns der Vergessenheit entreißen. Das tut keinem gut. Maria Wessling, erinnern Sie sich? Die Wunderbare, ein Idol in den Fünfzigern, ein unvergeßliches Käthchen, ein zauberhafter Ariel damals im ›Sturm‹. Und heute? Heute lebt sie mit ihrem Mann in einer Dreieinhalbzimmerwohnung irgendwo im Kohlenpott. Völlig verarmt. Sitzt unentwegt vor ihrem Fernseher, und zwar als Testperson, sie ist eine von den tausend oder zweitausend Testpersonen, mit denen man die Einschaltquoten mißt. Ich war entsetzt, als ich sie wiedersah. Maria! Wo ist dein liebes frohes Gesicht geblieben? Die naive Freude, die Neugier, die unnützen Sorgen, die Lüsternheit, die Wärme, die ganze Fülle deiner unsäglich liebenswürdigen Schwächen? Sie war ein vollkommen unscheinbarer Mensch geworden. Und so schrecklich mager! Während ich erzählte, sang sie leise vor sich hin. Sie wollte nicht an ihr früheres Leben erinnert werden.

Er steht auf.

Tja. So ist das ganz allgemein. Der Schmerz ist einfach, das Leben konfus. Trotzdem: Kein Irrtum war umsonst, keine Träne zuviel.

MAX Sie gehen? Wir sind noch gar nicht verständigt ...

KARL JOSEPH Zuletzt verlassen der König und sein Narr die Bühne. Ordnung und Unordnung ziehen gemeinsam ab. Du verstehst?

MAX Ja ... Nein ...

KARL JOSEPH Was bleibt, Steinberg, was bleibt: ist die Abneigung.

Na, komm! Komm schon.

KARL JOSEPH *geht ab. Auf der Mauerkrone erscheint* LENA.

LENA Wir waren verabredet. Erinnerst du dich?

MAX Was galt es? Ich habe es vergessen.

LENA Ich bin wiedergekommen. Ich bin so töricht gewesen, mich an ein gegebenes Wort zu halten.

MAX Du glaubst an Worte, du handelst nach Worten, du vergißt sie nicht. Worte! Mir gesetzlos und ein Rattengewühl. Ich habe zu viele vergeben ...

LENA Du hast schnell und immer schneller gesprochen, wie jemand, der das Treppenhaus hinauf- und hinunterläuft, nur aus Unruhe.

MAX Es gab doch immerhin Gründe. Ich mußte mich verteidigen, ich mußte mich entschuldigen. Ich mußte meinen Absichten hinterher. Wir können nicht so tun, als wären wir nicht verrückt.

LENA Was würdest du sagen, wenn du noch drei Worte

hättest – und danach ist es aus. Das ganze Spiel mit Worten. Vorbei. Was würdest du sagen? Noch drei letzte Worte, an die ich mich halten könnte für die längste, stumme Zeit mit dir ... ›ich liebe dich‹?

MAX Nein. Ich würde es nicht sagen. Weil mir diese Worte bedeutungslos sind. Weil ich von allen Worten enttäuscht bin. Die letzten drei Worte, wenn ich's wüßte, ich würde sie nicht aussprechen. Nicht mehr. Endlich nicht.

LENA Du weißt nicht, was du sagst. Deine Stimme liebt mich noch, aber deine Worte haben mich vergessen.

LENA *steigt hinter der Mauer ab und tritt dann neben* MAX *aus ihr heraus. Sie umarmt ihn. Über die Mauer lehnt sich die* BLINDE.

DIE BLINDE Sie tötet ihn! Sie wird ihn töten! Tut etwas! Laßt es nicht zu!

Max bricht zusammen. Dunkel. Nur ein Scheinwerfer auf dem LAUTSPRECHER.

LAUTSPRECHER/LENAS *Stimme, während sie über die Mauerkrone abgeht,* MAX' *Hemd hinter sich schleifend.* Heute waren wir wieder zusammen. Er war mir lieb wie am ersten Tag. Es war schön, ihn wiederzusehen. Ich habe mich sehr gefreut. Die Sonne ist nun doch durchgekommen. Hoffentlich bleibt es noch eine Weile schön, wenn er nun wieder weg ist –

Es wird hell. Die Bühne ist leer. Auf dem Podest steht die quaderförmige ›Wasser-Vase‹ aus der Wurfbude. Von links führt VOLKER KARL JOSEPH *und* EDNA GRUBER *auf die Bühne.*

KARL JOSEPH In Bremen vierundsechzig oder fünfundsechzig – ich gastierte im Danton – da hatten wir einen jungen Kollegen, der ist eines Abends, also es war schon

Viertel eins, Dantons Tod, eine Viecherei, kein Bus fuhr mehr, da ist er plötzlich zur Rampe gelaufen, mitten im Text, und fragt ins Publikum hinunter, ob ihn jemand nach der Vorstellung mit nach Lesum nehmen kann. Dort hat er nämlich gewohnt, mitten im Text. Der war übergeschnappt. Auch ganz jung. Na ja. Ich komme aus dem Labor. Ich gehe mit festen Schritten auf die Vase zu. Ich hole die Kröte raus. Text, Text, Text. Und verschwinde stante pede in meinem Büro.

VOLKER Ja – nur: Wenn Sie das hier schon machen, Karl, das mit der Vase, ist es natürlich für später verschossen.

KARL JOSEPH Wenn ich das mache, Lieber, ist es auch beim achtenmal noch sehenswert, verlassen Sie sich darauf.

Der ZUSCHAUER/MAX *tritt zaghaft aus der Mauer hervor.*

ZUSCHAUER *leise* Hallo . . . Hallo!

VOLKER Wer sind Sie?

EDNA GRUBER Da bist du ja!

ZUSCHAUER Ich? Nein. Ich nicht.

EDNA GRUBER Wo warst du denn vor der Probe? Ich habe die ganze Zeit auf dich gewartet. *Zu den anderen.* Entschuldigt mich einen Augenblick, ich muß zwei Worte mit ihm sprechen –

ZUSCHAUER Nein! Ich will raus hier! Wo geht es zur Besuchergarderobe? Lassen Sie mich!

VOLKER Hinter dem Inspizientenpult, zweite Tür links.

Der ZUSCHAUER *eilig ab.*

EDNA GRUBER Ist das die Möglichkeit! Ich kann mich doch nicht schon wieder getäuscht haben in einem Mann!

Die Garderobe schiebt sich vor die Szene. Die GARDE-

ROBENFRAU *steht mit dem Mantel des* ZUSCHAUERS *zu seinem Empfang bereit. Er tritt aus der offenen Saaltür der Dekoration.*

GARDEROBENFRAU Endlich kommen Sie! Ich glaubte schon, Sie hätten unsere Verabredung vergessen. Sie sind ja einer der letzten. Haben Sie so lange applaudiert? Hat es Ihnen schließlich doch noch gefallen?

ZUSCHAUER O nicht mehr! Bitte! Aufhören! Schluß jetzt! Ich will diese Liebesgeschichte mit Ihnen nicht erleben! Ich will nach Hause. Nicht mehr spielen! Hört denn das niemals auf?!

Hinter ihm kommt LENA *aus der Saaltür, geht an ihm vorbei.*

Lena! Hilfe! Hilf mir doch!

Er wirft Perücke, Brille und Verkleidung des ZUSCHAUERS *von sich.* Ich liebe dich! . . . Ich liebe dich! *Er umarmt sie.*

MAX Ein Alptraum. Die Hölle. Es war die Hölle . . .

LENA *nimmt ihm den Schnurrbart ab und küßt ihn.*

Laß uns etwas trinken gehen. Es wird höchste Zeit.

Sie gehen ab. Der Vorhang fällt über der Garderobe, bleibt aber zur Hälfte hängen. Man hört im Hintergrund VOLKER *auf der Probe rufen . . .*

VOLKER Max! Max! Wo bleibt denn dieser Idiot? Max! Auftritt!

Der Vorhang geht wieder in die Höhe. Die Szene ist wie zu Beginn des Stücks, nur ohne Regietisch. KARL JOSEPH *steht allein auf der Bühne.* MAX *tritt von links auf.*

MAX Herr Professor Brückner?

KARL JOSEPH *dreht sich um.* Ja – bitte?

MAX Ich weiß nicht, ob Sie sich noch an mich erinnern –

Ende

Einige Bemerkungen, die in den Texten des KARL JOSEPH vorkommen, sind in abgewandelter Form übernommen aus Will Quadfliegs Lebenserinnerungen »Wir spielen immer«. Ich verdanke dem großen Schauspieler weit mehr als diese »Zitate«.

DIE ZEIT
UND DAS ZIMMER

Personen

Julius
Olaf
Marie Steuber
Der Mann ohne Uhr
Die Ungeduldige
Frank Arnold
Die Schlaffrau
Der Mann im Wintermantel
Der völlig Unbekannte

I

Ein Raum mit drei großen Fenstern zur Straße. Im Hintergrund die gegenüberliegende Hausfassade. Vor dem mittleren Fenster ein kleiner Tisch und zwei Sessel. Der eine zum Fenster, der andere nach innen gerichtet. Links die Wohnungstür und eine holzverkleidete Säule. Rechts eine Tür, die zu einem anderen Raum führt.
Im Sessel zum Fenster JULIUS. *Im Sessel zum Zimmer* OLAF.

JULIUS Du hast heute noch nicht aus dem Fenster geschaut ...
Die Weihnachtsbäume liegen im Februar noch am Straßenrand. Eislachen bedecken den Streusand wie ölige Plastikfolien. Unter dem geschmolzenen Schnee kommen die abgebrannten Knallkörper von Sylvester zum Vorschein. Und der Hundekot vom vergangenen Jahr. Gegen die Bommel an den Platanen klopfen die Spatzen in blinder Nervosität. Die Keilriemen quietschen. Die Wagenhalter tragen ihre Batterien für die Nacht ins warme Zimmer. Die Taubenzehen klappern auf dem Zinkblech der Fensterbänke. Entwertetes Geflügel. Unkraut der Lüfte. Nirgendwann ist Stille. Selbst im schläfrigen Lärm hörst du das grollende Schnarchen ferner Preßluftbohrer. Man weiß nicht, was das für ein Tag ist. Vielleicht der bräunlichste Tag des Jahres. Sicher aber ein ans Ausweglose grenzender Tag. Die Mädchen spiegeln sich in den Schaufensterscheiben und bürsten im Vorübergehen rasch ihr Haar. Da kommt eine im kniekurzen Rock – bei der Kälte! – in schwarzen Strumpfhosen und atmet in den Kragen ihres grüngoldenen Lamépullis. Hübsche Karausche. Schreckliche. Schon im Gehen hat sie etwas Hingefläztes, Faules, Illustriertenblätterndes, Lockenwicklerhaftes,

Bildschirmbleiches. Die jungen Männer nebenan laufen in ihren schmutzigen Overalls und blauen Latzhosen und sanieren wieder im Hinterhaus. Die amtlich Arbeitslosen tragen dicke Schlüsselbünde mit unzähligen Schlüsseln an ihren Gürteln. Sie beladen kleine Mietlastwagen und fahren Gabelstapler mit Isoliermatten durch das Tor. Sie arbeiten Werk- und Feiertag und sitzen abends mit ihren Frauen und Schäferhunden zufrieden in der Kneipe. Halb sind sie scheidende Hausmeister, halb schon werdende Hausbesitzer.

Der Türbrummer geht. JULIUS *drückt auf einen Knopf unter der Fensterbank. Herein tritt* DAS MÄDCHEN VON DER STRASSE.

DAS MÄDCHEN VON DER STRASSE Haben Sie eben über mich geredet? Sind Sie das? Was erzählen Sie da? Bildschirmbleich und illustriertenblätternd – Sie kennen mich doch gar nicht. Sie sehen mich hier von Ihrem Fenster aus zum ersten Mal und fällen gleich ein abschätziges Urteil über mich. Was wissen Sie von mir? Nichts.

Sie geht zum linken Fenster und sieht zur Straße hinunter.

Als ich ankam, auf dem Laufband im Flughafen lauter gleiche Koffer. Keiner fand sein Zeug. Ich griff mir schließlich irgendeinen, denn es wurde mir zu bunt, mit 250 wildgewordenen Passagieren nach meinen Sachen zu suchen. In der Ankunftshalle frage ich einen Mann, der aussah, als wollte er mich abholen: Sind Sie Frank Arnold? Er sagte ja, obwohl er es nicht war. Sondern täglich auf dem Flughafen stand und sich an Leute heranschlich, die aussehen wie bestellt und nicht abgeholt. Und sagt zu jedem Namen, den man ihn fragt, ja.

Sie zündet sich eine Zigarette an, legt das Einwegfeuerzeug auf die Fensterbank.

Auf wen habe ich mich nicht alles eingestellt! Ich habe mich eingestellt auf den umständlichen, auf den empfindsamen und auf den kaufmännischen Mann. Teilgehabt an ihren Problemen. Ihre Art, die Welt zu sehen, studiert, angenommen, mir zueigen gemacht. Auf den Schweigsamen wie auf den Geschwätzigen habe ich geantwortet. Ich habe dem Unglücklichen aufgeholfen und bin für den Fröhlichen eine Lachgesellin gewesen. Mit dem Sportler bin ich gelaufen, mit dem Trinker habe ich getrunken. Hängen blieb nichts. Von keinem. Keine Spur. Das ist gesund gewesen. Dort holte ich's mit vollen Armen, dort ließ ich's: was ich bin.

Habt ihr hier kein Thermometer Barometer Wetterhäuschen?

JULIUS Wir sind selber sehr wetterfühlig. Wenn er aus dem Fenster sieht und ich ins Zimmer blicke, dann wird es regnen oder schneien. Wenn ich aus dem Fenster blicke und er ins Zimmer, dann haben wir bald Sonnenschein.

Der Türbrummer geht. DER MANN OHNE UHR *tritt auf.*

DER MANN OHNE UHR Ich habe hier vergangene Nacht ein Fest gefeiert. Irgendwo muß ich meine Armbanduhr vergessen haben. Es war doch hier? Ja. Ich erinnere mich genau an diesen Raum, die drei großen Fenster zur Straße. Gestatten Sie, daß ich im Badezimmer nachsehe?

JULIUS Bitte.

DER MANN OHNE UHR *geht durch die rechte Tür ab.*

DAS MÄDCHEN VON DER STRASSE Besagtes Leben, um

noch einmal darauf zurückzukommen, wir haben ja nur unsere Erinnerungen. Alles übrige: am Fenster stehen und hinausschauen, bis man vom Erdboden wieder verschwunden ist.

Der Türbrummer geht. DIE UNGEDULDIGE *tritt auf und durch die rechte Tür steckt* DER MANN OHNE UHR *seinen Kopf.*

DIE UNGEDULDIGE Ich wollte Sie wiedersehen.

DER MANN OHNE UHR *tritt herein.* Was für ein Zufall! Ich kam her, um nach etwas zu suchen, das ich verloren habe. Wie geht es Ihnen?

DIE UNGEDULDIGE Gut. Ich habe sehr unruhig geschlafen.

DER MANN OHNE UHR Ich auch. Irgend etwas war. Ich spürte, daß ich etwas verloren hatte, als ich heute früh aufwachte.

DIE UNGEDULDIGE Ich glaubte, etwas gewonnen zu haben.

DER MANN OHNE UHR Ich wachte auf und wollte auf meine Uhr sehen. Da merkte ich, daß sie nicht neben mir auf dem Nachttisch lag. Ich suchte sie –

DIE UNGEDULDIGE Und? Haben Sie sie wiedergefunden?

DER MANN OHNE UHR Nein. Ich bin gar nicht sicher, ob es hier war, wo ich sie verloren habe.

DIE UNGEDULDIGE Merkwürdig. Sie sind ganz anders zu mir als gestern abend.

DER MANN OHNE UHR Ja, gestern war ich noch sehr zurückhaltend –

DIE UNGEDULDIGE Aber nein! Sie waren gar nicht zurückhaltend. Im Gegenteil. Sie haben sich um mich bemüht. Sie haben mich förmlich überfallen mit Ihren Komplimenten.

DER MANN OHNE UHR Inzwischen bin ich Ihnen etwas nähergekommen und nehme mir gleich zuviel heraus, so ist es nun mal.

DIE UNGEDULDIGE Und mir macht es den Eindruck, als wüßten Sie gerade jetzt nichts Rechtes mit mir anzufangen. Als langweilte ich Sie. Sie tun nicht das gleiche wie gestern abend.

DER MANN OHNE UHR Ich muß Ihnen äußerst aufdringlich erscheinen.

DIE UNGEDULDIGE Nein, gerade nicht. Ich hatte es eigentlich erwartet.

DER MANN OHNE UHR Seltsam. Und ich hatte das Gefühl: Jetzt gehst du zu weit. Jetzt wirst du ihr lästig.

DIE UNGEDULDIGE Ach, Sie bleiben weit hinter gestern zurück.

DER MANN OHNE UHR Tatsächlich? Wie spät haben Sie übrigens?

Sie gehen zum rechten Fenster und blicken hinaus.

JULIUS Siehst du, Olaf, wie sie sich täuschen, die Menschlein. Alle verwechseln einander. Hier hat nie ein Fest stattgefunden. Nicht gestern, nicht vorgestern. Nicht vor einem Jahr und vermutlich seit dem Richtfest des Hauses keines mehr.

Der Türbrummer geht. FRANK ARNOLD *kommt herein.*

FRANK ARNOLD Entschuldigen Sie die Störung: Ist zufällig eine Marie Steuber hier?

DAS MÄDCHEN VON DER STRASSE *dreht sich an der Fensterbank um.*

Sie sind das ...? Ich kam fünf Minuten zu spät zum Flughafen und schon nahmen Sie mit einem anderen vorlieb. Wie schade. Meine Herrschaften, diese Frau ist

ein Joker. Jeder kann sie in seinem Spiel für die Zwecke benutzen, die ihm gerade günstig erscheinen. Leben Sie wohl, Marie Steuber. Alles, was Ihnen von nun an geschieht, wäre Ihnen erspart geblieben, wenn Sie fünf Minuten länger auf mich gewartet hätten. Wir haben uns verfehlt, Marie, Sie hätten in meine Karten gehört ...
Er geht durch die linke Tür ab. DER MANN OHNE UHR *geht zu* MARIE STEUBER.

DER MANN OHNE UHR Ich habe gehört: Es soll dir sehr schlechtgegangen sein.

MARIE STEUBER Du hast davon gehört? Ich kann es dir auch selbst erzählen, wenn du willst.

DER MANN OHNE UHR Es muß grausam gewesen sein.

MARIE STEUBER Man wird wiederhergestellt. Die Schönheit leidet darunter, wie du siehst. Das ist nicht Fett, das ist nicht Alkohol, das sind die Pillen, das ist der Pharmateig.

DER MANN OHNE UHR Aber du willst leben jetzt?

MARIE STEUBER Ich bekam anfangs einen Blocker, der wirkte auf meine Motorik, ich mußte unwillkürlich die Hände hochwerfen, so: ›Ich ergebe mich, ich ergebe mich.‹ Soviel zu der Frage, ob ich leben will.

DER MANN OHNE UHR Du sprichst jetzt darüber, als würdest du einen Behördenwitz erzählen.

MARIE STEUBER Kurz darauf probierte man ein neues Mittel an mir aus, und ich sprach alles nach, was ich hörte. Ich konnte keine Antwort mehr geben, ich wiederholte nur noch die vernommenen Laute. Ich war ein Echo geworden.

DER MANN OHNE UHR Hast du es bei vollem Bewußtsein erlebt?

MARIE STEUBER Die Alternative wäre ein Präparat gewesen, und ich hätte alles greifen müssen wie ein Baby. Grapp grapp grapp.

Sie faßt die neugierig sich nähernde UNGEDULDIGE *am Arm, die weicht mit einem ›Huch!‹ zurück.*

DER MANN OHNE UHR Man kann es ausleben, das Übel. Mit den Jahren. So wie ein Baum eine Wunde von seinem Organismus isoliert, abschließt und doch als ein verholztes, totes Ende immer bei sich bewahrt. Er wächst darüber hinweg – und du wächst auch.

MARIE STEUBER Ich habe es zweimal versucht. Ich habe mein Bestes getan. Ich kann nicht leben. Ich werde es auch ein drittes Mal versuchen, wenn die Zeit kommt und ich noch Kraft genug habe. Das da drinnen, der Elefant, der mich zertrampeln will, wurde nur mit Betäubungspatronen beschossen und wacht irgendwann im Zoo wieder auf.

DER MANN OHNE UHR *geht zu der* UNGEDULDIGEN.

DIE UNGEDULDIGE Sie haben sich mit Marie unterhalten? Mein Gott, ich trau mich gar nicht, mit ihr zu sprechen. Wie spricht man denn mit jemandem, der so etwas hinter sich hat?

DER MANN OHNE UHR Ich glaube, ich hatte ihr etwas zu sagen. Wahrscheinlich wird sie jetzt darüber nachdenken. Ich habe ihr einen Begriff von ihrer Krankheit gegeben, mit dem sie leben kann. Man muß vernünftige Worte wählen. Vollkommen vernünftig sein. Das strahlt positiv ab auf solch labile Menschen.

DIE UNGEDULDIGE Das könnte ich nie.

Sie zündet sich hastig eine Zigarette an.

DER MANN OHNE UHR Ja. Dem muß man sich aussetzen.

JULIUS *aus dem Fenster blickend zu* OLAF Wir wollen

nichts. Wir haben nichts vor. Wir sind zwei sich liebende Skeptiker. Wie lange haben wir nicht mehr gesagt: Man könnte, man sollte, man müßte. Wir genießen die gemeinsame Seelenruhe, die innere Schönheit: nichts zu wollen. Und doch liegt uns manchmal der Plan auf der Zunge. Leuchtet die Idee im Auge. Aber Ideen sind scheu. Schon mit dem ersten Wortlaut sind sie verschwunden. Es wird niemals von uns ein Plan gefaßt werden. Er ist nicht zu fassen. Wenn man alles genau durchdenkt. Wenn man alles sorgfältig mit sich geschehen läßt. Wir wollen im Grunde nichts. Das ist eine sehr weitreichende Position, mein Lieber.

DIE UNGEDULDIGE *neben dem* MANN OHNE UHR *am rechten Fenster* Ich denke oft, wenn ich rauche, daran, mir eine Zigarette anzuzünden.

DER MANN OHNE UHR Wieviel rauchen Sie am Tag?

DIE UNGEDULDIGE Wie fragen Sie?

DER MANN OHNE UHR Ich frage nur, um nicht antworten zu müssen.

DIE UNGEDULDIGE Ja frag mich! Frag mich aus! Frag! Frag! Hier – frag alles! Nur wenn du fragst, kann ich atmen, kann ich leben!

MARIE STEUBER *halb aus dem Fenster blickend* Ein Mann trug in der Winternacht eine Frau aus einem brennenden Hotel. Sie schlief auf seinen Armen, sie erwachte nicht von dem Lärm und der Feuersbrunst. Sie schlief, sie schlief. Er nahm sie mit auf seine Heimreise. In der Eisenbahn schlief sie neben ihm, an seine Schulter gelehnt. Er nahm sie zu sich nach Hause, und sie schlief in seinem Wohnzimmersessel und erwachte nicht. Er rief Ärzte, die sie untersuchten, aber auch sie konnten und wollten sie nicht aufwecken. Sie stellten nur ihren tiefen, gesunden Schlaf fest. So lebte er neben ihr dahin und begriff, daß er ihr Traum war, und nichts sonst. Er wurde älter und unentschiedener.

DER MANN OHNE UHR Womit spielen Sie da am Handgelenk?

DIE UNGEDULDIGE Swatch. Neue Uhrenart. Kann man dauernd wechseln. Viele verschiedene Uhren zu vielen verschiedenen Zwecken. Wie zum Sammeln so zum Wegwerfen.

DER MANN OHNE UHR Die werden noch die Uhr für einen Tag erfinden. So wie den Rasierer für eine Rasur, das Besteck für eine Mahlzeit.

DIE UNGEDULDIGE Von dieser Sorte gibt's die spezielle Uhr für Skiakrobatik, Sauna, Tischerücken, Liebe auf den ersten Blick, Nachmittage am Delphinbassin. Die Uhr für gewisse Stunden eben.

Der Türbrummer geht. Ein MANN IM WINTERMANTEL *kommt herein und trägt auf seinen Armen eine kaum bekleidete schlafende Frau.*

DER MANN IM WINTERMANTEL Was für eine fürchterliche Nacht! Ich habe kein Auge zugetan!

JULIUS Es ist gut. Wir wissen Bescheid. Legen Sie die Frau hier auf den Sessel. Wir kümmern uns um sie.

DER MANN IM WINTERMANTEL Ihre Adresse, mein Herr, befand sich in ihrem Brustbeutel. Sie sind offenbar hier im Umkreis der ihr Nächststehende.

JULIUS *nimmt einen Finger der* SCHLAFFRAU *und betrachtet ihn von nahem.*

JULIUS Ist sie es nun oder ist sie es nicht? Die Finger etwas dürr. Siehst du? Das vordere Glied leicht nach oben gebogen, starke Rillenwulst. Ja. Es könnte sein. Finger, die immer etwas fingrig blieben. Nie ganz Hand wurden. Spuchtige Daktylen. Doch, ja. Ich erinnere mich. Vor vielen Jahren – für kurze Zeit.

DER MANN IM WINTERMANTEL Tatsächlich brannten alle sieben Stockwerke dieses abscheulichen Hotels nahezu vollständig aus. Es ist jedoch niemand zu Schaden gekommen. Alle 328 Gäste, die von der Feuersbrunst gegen vier Uhr morgens, also im Schlaf überrascht wurden, konnten sich rechtzeitig in Sicherheit bringen oder wurden wenig später von der Feuerwehr aus den Fenstern geholt. Allein ich ergriff diese Frau, die auf einer Couch in der Diele des zweiten Stocks, in dem ich untergebracht war, nächtigte, aus welchem unbegreiflichen Grund auch immer, also geradewegs vor meiner Zimmertür, und offenbar in weitaus tieferen Schlaf versunken war als alle anderen Gäste, die neben ihr schreiend die Treppen hinunterstürzten.

Er geht zur Wohnungstür, dreht sich noch einmal um.

Wenn wirklich der Mann eine Frau in sich trägt, die am Fuße seines Rückgrats schlummert und heißt: ›sie, die da gewunden ist‹ oder ›unsere Diana‹, so sprang sie mir in dieser Feuersnacht von innen auf beide Arme, und ich trug sie schlafend, kaum bekleidet, wie sie war, aus dem Flammenhaus. Unvergeßlich bleibt mir von nun an ihr ruhendes Gewicht, der Druck ihrer entblößten Schenkel auf die Knochen meiner Unterarme – für immer wird die Fleischlichkeit dieser keuschen Last auf mir wiegen.

Er geht ab.

JULIUS Schöner Ausflug damals. Reise gen Norden. Strohhaus gleich hinter den Dünen. Den ganzen Tag in den Betten und abends hinaus mit weichen Knien, um Wein und Selters zu kaufen. Insgesamt eine kurze Zeit. Junges

Mädchen. Kicherte dauernd vor Hast und Verlegenheit. Nie wieder gehört von ihr. Wär mir im Traum nicht eingefallen, daß sie ausgerechnet meine Adresse im Brustbeutel hat. Gereist gelitten gewallfahrtet. Vor Liebe gestorben zur Ruhe gekommen abermals vor Liebe gestorben. Nein, nie wieder Beginn! Nie wieder Aufbruchstimmung. Man kann von Glück sagen: Nie wieder diese Hast! Siehst du: Wie hartherzig wird unser Gedächtnis – bei der Betrachtung des Fingers einer entfernten Geliebten. Wenn die halbe Nacktheit den Verstand verführt, die halben Wahrheiten zu sagen.

Olaf *erhebt sich aus dem Sessel, um sich kurz die Beine zu vertreten.* Die Ungeduldige *löst sich von der Fensterbank, tritt neben ihn.*

Die Ungeduldige Wir haben uns einmal kennengelernt ...

Olaf *wendet sich ab und setzt sich wieder.* Die Ungeduldige *geht zurück zum Fenster.*

Nein. Schwach. Ich versuch's gleich noch einmal.

Olaf *steht wieder auf,* Die Ungeduldige *nähert sich ihm ein zweites Mal.*

Wir haben uns einmal kennengelernt ...

Olaf *wendet sich ab, setzt sich wieder.* Die Ungeduldige *geht zurück zum Fenster.*

Nein. Ich hab's noch nicht. Ich probier's später wieder.

Marie Steuber *halb aus dem linken Fenster blickend* Zwischen den Menschen knirscht es und hält durch sie hindurch die Große Maschine an. Da, sie purzeln vorwärts durcheinander, sie stürzen kopfüber aus ihrem geraden Lauf. Dann eiserne Stille.

Julius Sie reden es herbei. Vorsicht!

Marie Steuber Manch einer rückt noch seinen Tisch

vors Fenster oder seinen Schrank neben das Bett. Sie rücken noch einmal ein bißchen in ihrer Wohnung herum und tragen frische Wäsche von einem Raum in den anderen. Oder huschen geduckt unter den Spiegeln vorbei. Dann wird es ganz still.

JULIUS Sie reden es herbei, Sie reden es herbei ...

MARIE STEUBER Gegenüber im dritten Stock erwacht eine Frau in einer fremden Wohnung spät am Tag, wirft einen ersten Blick aus dem Fenster, liest in der liegengelassenen Zeitung, kocht sich Kaffee, sucht nach der Zuckerdose auf allen Borden, wischt die Schmutzflecken vom Küchentisch, niest ins Geschirrtuch, nimmt einen nicht ihr geltenden Anruf entgegen, geht ins Bad, öffnet ihre zweite Reisetasche – und dann läßt auch sie alles sein.

Der Türbrummer geht. DER VÖLLIG UNBEKANNTE *kommt eilig herein, geht geradewegs auf die* SCHLAFFRAU *zu.*

DER VÖLLIG UNBEKANNTE Hat sie irgend etwas erzählt? Ich frage Sie: Hat sie die leiseste Andeutung gemacht?

DER ANDEREN Nein.

DER VÖLLIG UNBEKANNTE Sie wissen nicht, wer ich bin?

DIE ANDEREN Nein.

DER VÖLLIG UNBEKANNTE Sie sprechen mit einer Stimme. Das sollte mich überzeugen. Ich wüßte nicht, was ich mit ihr gemacht hätte. Ich wüßte wirklich nicht, wozu ich imstande gewesen wäre – Ektoplasma?

DIE ANDEREN Wie?

DER VÖLLIG UNBEKANNTE Ektoplasma? Sagt Ihnen nichts?

DIE ANDEREN Nein.

DER VÖLLIG UNBEKANNTE Na gut. Dann wissen Sie wirklich nicht, wer ich bin.

DIE UNGEDULDIGE Sie sehen mir aus wie einer, der als Junge immer die Taschen voller Krimskrams hatte. Bindfäden, Messer, Spielmarken, Radiergummi, Mäusefalle, Schmirgelpapier, Zündplättchen, Lupe, Glasklicker, Kompaß ...

DER VÖLLIG UNBEKANNTE *unterbricht und bedroht sie* Schweigen Sie! Die Sache ist zu ernst, als daß sie Ihre Scherze vertragen könnte. Ich verbitte mir Ihr Augenzwinkern. Was fällt Ihnen ein? Unverschämtheit! Noch ein einziges Wort, und Sie sollen mich kennenlernen!

DIE UNGEDULDIGE Nein! Nicht! Hier ... nehmen Sie! *Sie streift Ringe und Armreifen ab, läßt weiteren Schmuck aus ihrem Ärmel fallen.* Nehmen Sie, bitte! Nehmen Sie alles! Ich habe genug davon!

DER VÖLLIG UNBEKANNTE *hebt den Schmuck auf und steckt ihn ein. Dann nimmt er die* SCHLAFFRAU *und trägt sie aus dem Raum.*

JULIUS So. Nun ist sie wieder weg. Plötzlich. Genau wie damals. Tempo der Türen. Nichts sonst. Auf zu. Auf zu. Man verklappt Leben. Das war's dann aber auch.

DIE UNGEDULDIGE *setzt sich in den leeren Sessel; wendet sich zu* OLAF Hast du so ein Tuch?

OLAF Nein.

DIE UNGEDULDIGE So ein kleines Tuch?

OLAF Nein.

DIE UNGEDULDIGE Mit dem ich mir die Stirn abtupfen kann.

OLAF Nein.

DIE UNGEDULDIGE Es ist sehr warm oder so.

OLAF Nein.

JULIUS Der einzige Gast, den ich wirklich fürchte, ist der sattsam bekannte Rückkehrgast. Eine gute Stunde nach

Auflösung der Abendgesellschaft steht er wieder vor der Tür, wenn bereits alles aufgeräumt ist, setzt sich wieder an den Tisch mit zitternder Hand, um mit irgendetwas von vorn zu beginnen, als sei er gar nicht fort gewesen. Um auf irgendeine unerträgliche Belanglosigkeit noch einmal zu sprechen zu kommen. Todmüde trägst du die Obstschale wieder herein, die Käseplatte, die halbausgetrunkene Rotweinflasche ...

DIE UNGEDULDIGE Sie haben alle ihr Einwegfeuerzeug auf den Fensterbänken liegengelassen. Sie kommen bestimmt nicht wieder.

DER MANN OHNE UHR *stellt sich neben* MARIE STEUBER, *die aus dem Fenster blickt.*

MARIE STEUBER Ein alter Mann steckt Reklamezettel an die Windschutzscheiben der parkenden Autos. Gleich rutscht er aus und fällt auf die Rinnsteinkante. Mit blutiger Schnauze wird ihn die Ambulanz abtransportieren. Der Hüftkranke schleppt sich in den Pornoshop. Der Rollstuhlfahrer läßt sich hineintragen. Nicht der Schatten einer Lüsternheit liegt auf ihren Gesichtern. Verdrossen gehen sie hinein und wie aus der Sparkasse mit käsiger Erledigungsgleichgültigkeit kommen sie wieder heraus, tragen ihre Filmkassetten in kleinen braunen Plastiktüten davon. Sie blicken keinem Frauenhintern nach auf der Straße, sie blicken nur unter sich, bis sie wieder zu Hause sind.

Die Krankenwagen-Sirene nähert sich.

Siehst du, wie eilig sie gehen dort unten? Wie ungleich die Schritte! Das freie Gelaufe, die Hin-und-Her-Karawane der Städter, das wilde Umher mit Auftrag und Ziel, dabei ist es nichts als die Unruhe aller vor dem heftigen Stehenbleiben aller auf einmal. Im herrischsten

Schreiter erkenne ich den säumigen Schlurfer. Im geschäftigsten Mann das Inbild des lungernden. In jedem Schreihals den lauschenden Toten.

DER MANN OHNE UHR Ich frage dich: Was haben wir bloß voneinander gewollt? Wir haben doch irgendwann einmal etwas Bestimmtes voneinander gewollt? Was war es nur?

MARIE STEUBER Ich kann mich wohl erinnern. Du hattest damals das Bedürfnis, sofort mit mir zu schlafen. Und zwar auf der Stelle. Wir wußten nicht, wo. Wir liefen in einen Hauseingang. Im Flur kam uns ein alter Mann entgegen, der uns sogleich zu seiner Führung mitnahm. Denn im Hinterhof verbarg sich ein kleines Barockpalais mit vielen historischen Kostbarkeiten. Und unsere Begierde verlief sich in Geschichtsbetrachtung.

DER MANN OHNE UHR Ich glaube, du irrst dich. Wir haben niemals miteinander geschlafen.

MARIE STEUBER Wir kamen nicht dazu, es ist wahr, weil wir seitdem durch die Geschichte irrten.

Sie gehen kurz darauf gemeinsam durch die rechte Tür ab.

JULIUS Ich hätte öfter in die Nächte hinaus sollen. Ich habe mich nicht oft genug gehenlassen. Ich hätte mich öfter restlos verausgaben müssen. Ich hätte tausendmal mehr enttäuscht werden müssen. Ich bin, wie Swift sagt, für eine Million Enttäuschungen geboren worden. Und wie viele habe ich erlebt? Nicht einmal ein rundes Dutzend. Vorsichtiger bin ich geworden. Das ist aber auch alles. Aber was ist es? Sein Leben bis an die äußerste Grenze der Vorsicht zu führen? Man wird eines Tages keinen Regentropfen mehr fallen hören, ohne sich an den Kopf zu greifen vor roher Wehrlosigkeit.

Aus der rechten Tür tritt im Sommerkleid die SCHLAFFRAU. *Sie stellt sich neben* JULIUS *ans Fenster.*

SCHLAFFRAU Glaubtest du, es gäbe mich nicht mehr?

JULIUS Wo kommst du her?

SCHLAFFRAU Ich bin schon lange um dich gewesen. Du hast mich jedoch nicht bemerkt.

JULIUS Dinah: Wie hast du den langen Weg zurück gefunden?

SCHLAFFRAU Von großen Ballsälen träumend, durch die der Sommerwind der Nacht –

JULIUS *unterbricht sie* Ja, sicher, ja.
Man fand meine Adresse in deinem Brustbeutel. Weshalb wolltest du noch einmal zu mir?

SCHLAFFRAU Ich erinnere mich nicht. Ich weiß es nicht mehr.

JULIUS Du mußt doch irgend etwas von uns gewollt haben?

SCHLAFFRAU Von dir.

JULIUS Wir sind jetzt zu zweit.

SCHLAFFRAU Ich weiß nicht. Vielleicht lebte ich die letzten Jahre in diesem Hotel, das vergangene Nacht niederbrannte, und hatte deine Adresse für den Notfall immer bei mir.

JULIUS Hast du das Feuer gelegt, Dinah?

SCHLAFFRAU Ich habe mir darüber noch keine Gedanken gemacht, Julius.

JULIUS Wir, Olaf und ich, zerbrechen uns den Kopf darüber, wie die Geschichte zusammenhängen könnte.

SCHLAFFRAU Ich glaube, ich kann euch da am allerwenigsten weiterhelfen.

JULIUS Du schläfst nicht mehr?

SCHLAFFRAU Nein. Jetzt schlafe ich nicht mehr.

JULIUS Gar nicht mehr? Wie lange hältst du das aus?

SCHLAFFRAU Wie soll ich das wissen? Was weiß ich, was ich da mitmache.

JULIUS Du bist wieder da, ich sehe dich wieder, du zerstörst jede Erinnerung an dich. Du, ein Pfeiler meiner Vergangenheit – all das Jugendlich-Furchtbare überstanden! und nun kommst du und reißt mir auch diesen Pfeiler weg.

SCHLAFFRAU Nicht gehalten hat der Bruch. Seine Ränder wuchsen über die Jahre zusammen. Und es heilte der Bruch.

DIE UNGEDULDIGE Irgendeine Katze, die ich vor Jahren einmal kennenlernte in den Sommerferien auf Fehmarn, lag kürzlich vor meiner Haustür und miaute. Das ist doch höchst unwahrscheinlich, daß eine Katze nach fünf Jahren auf deine Spur kommt und – von einer Insel! – den Weg zu dir findet. Vollkommen unwahrscheinlich. Ist aber passiert. Bis heute habe ich nicht herausgefunden, was ihr an mir so großen Eindruck gemacht hat. Irgend etwas Besonderes muß es schließlich gewesen sein, das sie zu einer solch außerordentlichen, die Gesetze der Art überspringenden Leistung antrieb.

SCHLAFFRAU *weiter zu* JULIUS Ich glaube noch heute, du hast dich nur versprochen damals. Du hast nur aus Versehen ›Adieu‹ gesagt. Du hättest genausogut ›Bleib!‹ oder ›Nimm mich!‹ sagen können. Du suchtest nach einem kurzen endgültigen Wort. Du hast dich bloß vergriffen.

DIE UNGEDULDIGE *geht zur* SCHLAFFRAU, *schlägt ihr die Hand auf die Schulter.* Du Sonntagskind! Du Glücksbär! Du Goldkäfer! *Sie bricht ab.* Jaja, ich weiß. Es sind diese groben Sachen, mit denen ich mich unmöglich mache. Aber was soll's? Das ist nun mal meine Frohnatur. Das hättest du dir früher überlegen müssen.

SCHLAFFRAU Was wollen Sie von mir?

DIE UNGEDULDIGE Kannst du nicht du sagen?

SCHLAFFRAU Ich denke nicht daran.

DIE UNGEDULDIGE Dann kann ich ja gehen.

SCHLAFFRAU Gern.

DIE UNGEDULDIGE Das käme Ihnen gerade recht, wie? Dann könnten Sie hier aufrücken. Den Gefallen tue ich Ihnen nicht. Jeder bleibt an seinem Platz. Hübsch eng, wie?

SCHLAFFRAU Wer sind Sie überhaupt?

DIE UNGEDULDIGE Womit wir beim Thema wären. Wer bin ich? Ich denke, Sie sind die einzige, die mir helfen könnte, auf diese Frage eine befriedigende Antwort zu finden.

SCHLAFFRAU Verschonen Sie mich.

DIE UNGEDULDIGE Sie wissen nicht, weshalb Sie mich nicht mögen. Aber Sie haben recht, es zu tun. Ich könnte Ihnen Ihre Gründe verraten, aber, nun ja, es wird Sie vermutlich nicht interessieren.

OLAF Ich ziehe mich frühmorgens an, ich koche Kaffee, ich gieße die Blumen, ich kaufe ein, ich koche ein zweites Mal Kaffee und ziehe mich wieder aus. Ich bin gleichgültig, ohne jeden Mut, ohne jede Absicht, ohne jede Lebensart. Ohne eigentlich der Typ des Gleichgültigen zu sein. Oder etwa eine neue Hervorbringung der ewigen Gleichgültigkeit. Ich bin weder ein Zu-Früh-, noch ein Spätgeborener der unersättlichen, immergleichen Gleichgültigkeit, der Siegerin über Erde und Himmel, die keinen anderen Helden neben sich duldet. Ich weiß alles über die Geschichte der Gleichgültigkeit, ich bin ihr bester Kenner und Erforscher und doch unterscheide ich selbst mich in nichts, mit keiner Faser meines Wesens von den tausenden und abertausend Gleichgültigen, die es je gab und die es immer geben wird. Abends, wenn ich meine Hose in den Spanner klemme, denke ich mitunter: Es könnte wohl der Tag kommen, da diese rätselhafte Ordnung des Häuslichen, für die ich allein die Verantwortung trage, heillos in sich zusammenbräche. Das ganze große säuberliche Wohnen, dieser Kosmos des Sich-Bekleidens, Toilettemachens und insbesondere des Verschließens von Schränken könnte plötzlich einstürzen ... Sie hockt ja schon gebuckelt unter dem Teppich, die grenzenlos wühlende, unverschämte, die absolute Nachlässigkeit, und das Offenstehen von Schränken breitet zuweilen schon seine schwarzen Flügel aus. Ein Schock zuviel, den ich erlitte, nur eine lieblose Begegnung noch, und ich lasse es sein; die Hände versagen den Dienst, die Sinne alarmiert kein schlechter Geruch, kein bekleckerter Sesselbezug mehr. Das alles interessiert nicht mehr. Es möge über mich kommen. Meinetwegen steige Müll und Verwesung an mir empor, Zeitung und Asche, und Blindheit ziehe durch verdreckte Fensterscheiben ein, und an den Kleiderhaken mögen trockene Reste von belegten Broten hängen!

Julius Es hat dich niemand gefragt, wer du bist, Olaf. Es hat dich niemand gefragt!

Olaf Nein? Ach. Ich dächte, ich hätte so was gehört ... Was?! Es hat mich niemand gefragt?! Ja ist denn das die Möglichkeit?! Warum unterbricht mich denn niemand! Warum sagt denn keiner was? Ja Menschenskind! Ich mach mir die Mühe, ich gehe aus mir heraus – das gibt es doch gar nicht!

JULIUS Alles, was er über seine Gleichgültigkeit sagte, könnte er auch über seine Dünnhäutigkeit gesagt haben.

Durch die rechte Tür kommen MARIE STEUBER *und* DER MANN OHNE UHR *zurück.*

DIE UNGEDULDIGE Oh! Sieh da. Zurück aus der Geschichte? Habt ihr euren Geschichtsausflug beendet? Seid ihr wieder am Nullpunkt der Geschichte angekommen? Ein großartiger Mann, wie?!

MARIE STEUBER Ein großartiger Mann, ja.

DIE UNGEDULDIGE Ein großartiger Kopf!

MARIE STEUBER Auch, ja.

DIE UNGEDULDIGE Aber finden Sie nicht, daß er ein bißchen ein Hochstapler ist?

MARIE STEUBER Doch. Stört aber nicht weiter.

DIE UNGEDULDIGE Nein, stört nicht weiter. Stimmt schon.

Soll er doch tun, was ihm gefällt. Ich will bloß alt werden mit ihm.

MARIE STEUBER *lehnt sich an die Säule.* DIE UNGEDULDIGE *geht zu ihr.*

DIE UNGEDULDIGE Ich war entsetzt, als ich Sie eben wiedersah. Als Sie zur Tür hereinkamen. Ich dachte: Wie schroff sind die Gesichtszüge dieser Frau geworden, wie äußerst kalt und berechnend, wie tief die Kerben um ihren Mund und die Nasenflügel. Marie! Wo ist dein liebes, frohes Gesicht geblieben? Die naive Freude, die Neugier, die unnützen Sorgen, die Lüsternheit, die Wärme, die ganze Fülle deiner unsäglich liebenswürdigen Schwächen? Alles an dir ist so hart geworden. So bewußt und geplagt siehst du aus. Und so schrecklich mager bist du geworden! Ich hätte weinen können. Es ist, als hätte eine indische Göttin ihr Lächeln verloren, die Weisheit der Liebe ...

MARIE STEUBER *ist in der Säule verschwunden. Man hört, wie in der Wohnungstür ein Schlüssel gedreht wird.*

JULIUS Psst! Still! ...

Alle hören auf die Tür und fragen gegenseitig ihre Namen ab.

JULIUS Olaf?

OLAF Ja?

SCHLAFFRAU Ansgar?

DER MANN OHNE UHR Ja?

DIE UNGEDULDIGE Julius?

JULIUS Ja?

DER MANN OHNE UHR Sabine?

DIE UNGEDULDIGE Ja?

OLAF Dinah?

SCHLAFFRAU Ja?

Alle blicken sich um und fragen leise: ›Marie?‹. Durch die geöffnete Wohnungstür werden Koffer und Reisetaschen geschoben. Dunkel.

II

I

Das Zimmer. In der linken Ecke ein kleiner Haufen Einwegfeuerzeuge. Die Wohnungstür wird aufgeschlossen, Gepäckstücke werden ins Zimmer geschoben. MARIE STEUBER *und* FRANK ARNOLD *treten ein.*

FRANK ARNOLD Kommen Sie herein. Legen Sie ab. Nehmen Sie Platz. Darf ich Ihnen etwas zu trinken anbieten? Was möchten Sie? Einen Schluck Whisky, Wein, Kaffee?

MARIE STEUBER Einen Schluck Wein, sehr gern.

FRANK ARNOLD Hatten Sie insgesamt eine gute Reise?

MARIE STEUBER Ja, sehr gut.

FRANK ARNOLD Wollen Sie erst ein wenig ausruhen? Oder möchten Sie einen kleinen Bummel durch die Stadt machen?

MARIE STEUBER Ja, sehr gern.

FRANK ARNOLD Es ist schon etwas spät. Die Geschäfte schließen gleich. Vielleicht warten wir besser bis morgen früh. Sie könnten sich ein wenig erfrischen, und dann in ein, zwei Stunden fahren wir hinauf zum Kastell, dort gibt es ein gutes Restaurant, man hat einen herrlichen Blick über die Stadt. Wenn es Ihnen recht ist, werden wir dort zu Abend essen.

MARIE STEUBER Ja, sehr gern.

FRANK ARNOLD Trinken wir einen Schluck. Zum Wohl. Herzlich willkommen!

MARIE STEUBER Vielen Dank. Ich freue mich sehr ...

FRANK ARNOLD Ich bin sehr erleichtert, daß Sie endlich hier sind. Ich hatte schon damit gerechnet, Sie nicht mehr anzutreffen auf dem Flughafen, nachdem ich mich derart verspätet hatte.

MARIE STEUBER Ja, ich bin auch sehr froh, daß alles geklappt hat. Die Abreise mußte mehrere Male verschoben werden. Es ist mir zuviel dazwischengekommen. Jetzt habe ich endlich alles hinter mir, glücklicherweise, und kann mich auf meine neue Umgebung einstellen.

FRANK ARNOLD Ich hoffe, Sie müssen es nicht bereuen, daß Sie hierhergekommen sind. Sie werden hier viel Ruhe finden. Wir haben genügend Platz. Sie können es sich überall bequem machen. Der einzige, der Ihnen lästig werden könnte, bin schließlich ich.

MARIE STEUBER Sie können mir nicht lästig werden. Ihretwegen bin ich ja hergekommen.

FRANK ARNOLD Könnten Sie sich denn vorstellen, daß Sie sich hier wohlfühlen?

MARIE STEUBER Ja, doch, bestimmt.

FRANK ARNOLD Ich bin ein bißchen ungeduldig, zuweilen. Daran müssen Sie sich erst gewöhnen. Sie sind sehr – wie soll ich sagen – sehr freundlich. Sie machen jedenfalls den Eindruck.

MARIE STEUBER Mir macht es nichts. Ich gewöhne mich schnell an einen Menschen. Meine Schwächen liegen anderswo.

FRANK ARNOLD Nehmen Sie noch einen Schluck?

MARIE STEUBER Ja, sehr gern.

FRANK ARNOLD Es wird ja vielleicht nicht ganz einfach werden. Ich meine, Sie sind eine sehr schöne Frau, und ich bin nicht aus Holz.

MARIE STEUBER Ja, das ist auch gut so.

FRANK ARNOLD Sie fürchten nicht, daß es Komplikationen geben könnte?

MARIE STEUBER Nein. Was sollte denn kompliziert sein?

FRANK ARNOLD Sie stellen Fragen! ... Ich könnte Ihnen ja auch gleich mein Schlafzimmer anbieten. Es ist etwas größer und komfortabler, wie?

MARIE STEUBER Ja, sehr gern.

FRANK ARNOLD Das sagen Sie so, ohne mich zu kennen?

MARIE STEUBER Darüber habe ich noch nicht nachdenken können.

FRANK ARNOLD Sie sind also hergekommen und wollen – Sie wollen es selbst?

MARIE STEUBER Ich dachte nicht daran. Aber jetzt, wo ich hier bin und alles andere, all das Schreckliche, hinter mir liegt, habe ich den Kopf frei für etwas Neues.

FRANK ARNOLD Ich bin jetzt an dem Punkt, wo es für mich ziemlich aufregend wird ...

MARIE STEUBER Sie wissen, daß Sie nicht ganz gesund aussehen?

FRANK ARNOLD Ich? Nein ...

MARIE STEUBER Ich sag's nur vorher, damit es später nicht heißt, ich hätte Ihnen etwas verheimlicht.

FRANK ARNOLD Meinen Sie – dieses Gesicht? Diese brüchige alte Maske ... dieses Unglück ... sehen Sie's?

MARIE STEUBER Ja, alles sehr gern.

FRANK ARNOLD Kommen Sie ...

2

Sie gehen mit dem Gepäck nach rechts in das nächste Zimmer. Noch ehe die Tür ganz geschlossen ist, wird sie wieder aufgestoßen, und MARIE STEUBER *kommt mit* RUDOLF *(*DER MANN IM WINTERMANTEL *des I. Akts) ins Zimmer ...*

MARIE STEUBER *steht mit dem Rücken gegen die Wand* Recht! Recht! Recht! Medea hat recht!

RUDOLF Du hast keinen Grund, dich auf Medea zu berufen. Wir haben keine Kinder, ich habe dich nicht um einer Kreusa willen, einer Königstochter, verlassen, und doch, scheint mir, steigerst du dich hinein in dieses Ungeheuer.

MARIE STEUBER Sie ist kein Ungeheuer. Sie leidet sich kaputt.

RUDOLF Tust du das etwa auch?

MARIE STEUBER Medea ist ganz einfach. Ganz kreatürlich. Ganz ursprünglich. Und ihre Umwelt ist verdorben.

RUDOLF Das gibt ihr noch lange nicht das Recht, ihre eigenen Kinder zu opfern!

MARIE STEUBER Das gibt ihr nicht das Recht? Was weißt denn du?! Das gibt ihr nicht das Recht! Aber natürlich! Sie liebt den Jason, er ist ihr mehr als alles auf der Welt. Was haben sie nicht alles durchgemacht und gemeinsam erlitten, die beiden! Und wie gemein hat er sie dann betrogen.

RUDOLF Wo ist die Parallele? Ich frage dich: Wo ist die Parallele zwischen dir und mir einerseits, zwischen Medea und Jason andererseits, wo, bitte? Es fängt doch langsam an fürchterlich zu werden, wie dir diese Dichtung zu Kopf steigt. Du hast noch niemals etwas gelesen. Du kennst nur diese Medea, das ist das einzige, was du überhaupt je gelesen hast.

MARIE STEUBER Ich brauche nichts anderes zu lesen.

RUDOLF Lies doch Anna Karenina oder die Kameliendame oder sonst irgendein rührendes Frauenschicksal.

MARIE STEUBER Medea versucht ja alles zu tun, um das Unglück abzuwenden. Aber Jason hört nicht auf sie.

RUDOLF Wie soll er denn auf sie hören? Sie sind mitten in einer Tragödie! Da ist gar nichts zu machen. Wir befinden uns dagegen keineswegs in einer Tragödie. In unserem Leben gibt es keinen Raum für Medea. Es gibt für sie keinen Platz, verstehst du?

MARIE STEUBER Medea begeht die größte Liebestat, die je eine Frau begangen hat.

RUDOLF Aus Eifersucht, aus purer Selbstsucht. Mord- und Vernichtungssucht. Das nennst du Größe?

MARIE STEUBER Du bist nämlich noch viel kleiner als Jason. Wie kannst du so etwas sagen? Wie kommst du darauf?

RUDOLF Ich weiß nicht, ich hatte es so in Erinnerung. Ich glaube nicht, daß ich mich täusche.

MARIE STEUBER Das Drama zeigt –

RUDOLF Du solltest Literaturunterricht nehmen. Damit du lernst, wie man ein Drama liest. Es ist offensichtlich gefährlich ein Drama zu lesen, eine Tragödie, wenn man nicht richtig damit umgehen kann. In einem Drama haben immer zwei Leute recht, sonst wäre es keins. Das haben wir alle auf der Schule gelernt.

MARIE STEUBER Ich möchte wissen, wo Jason recht hat, bitte?
Wo hat er recht? Ausrotten, zerstören, verbrennen, schlachten, Blut, Blut! Wenn er doch ein Verräter ist!

RUDOLF Ich bin anderer Meinung –

MARIE STEUBER Meinung? Keine Meinung! Es geht um das Gefühl, das unendlich große, so königlich, so königlich, stolz und schwarz und fremd und ALLES!

RUDOLF Du bist eine fanatische Anhängerin dieser Medea aus Kolchis.

MARIE STEUBER Ja. Das bin ich. Das bin ich.

RUDOLF Gut. Es gibt religiöse Fanatiker, politische Fanatiker, Sportfanatiker etcetera. Alle Fanatiker sind für mich Idioten. Das sag ich dir ganz deutlich.

MARIE STEUBER Auch wenn dich jemand fanatisch liebt?

RUDOLF Fanatisch braucht mich niemand zu lieben, das verlange ich gar nicht.

MARIE STEUBER Das ist es eben, was Medea nicht versteht. Diese Haltung versteht sie nicht. Unmöglich. Aus. Tod und Feuer.

RUDOLF Ich werde dir das Buch fortnehmen. Weg mit der Tragödie. Ich schmeiße sie auf die Straße.

MARIE STEUBER Du scheinst nicht zu begreifen, daß Medea da ist. Daß sie ihr Recht fordert. Daß wir nicht einfach so tun können, als gäbe es sie nicht. Wage nicht, sie zu verstoßen. Spiel nicht mit dem Gedanken. Sei klüger als Jason.

3

MARIE STEUBER *lehnt an der Säule und blickt zum Fenster hinaus.*

MARIE STEUBER Ich wohne inmitten der Stadt und mitten im tosenden Verkehr umgeben mich die großen stillen Räume, in denen niemand zuhaus ist. Nicht einmal mein Brot, mein Tisch, mein Radio, meine Zuckerdose. Wir alle sind hier lediglich vergessen worden. Stehen- und liegengelassen. Nicht aufgeräumt. Hals über Kopf Vermachtes, das sind wir, mein Zeug und ich. Ich wohne: Ich teile die unendliche Passivität meines Tischs. Meiner Zuckerdose, meines Radios. Ich höre, ich weile.

DIE SÄULE Jahr um Jahr tiefer und tiefer. Um soviel wie die Glücklichen wachsen.

MARIE STEUBER Du redest? Wie kannst du reden?

DIE SÄULE Alles spricht. So auch ich.

MARIE STEUBER Sprich nicht!

DIE SÄULE Wenn man so lange schwieg, findet man nicht gleich die passenden Worte.

MARIE STEUBER Keine passenden – gar keine Worte! Sprich nicht!

Du bist meine Zuflucht. Deine Stille suche ich. Du bist das Ding, an dem ich lehne, wenn mich alle Kräfte verlassen haben. Vertreib mich nicht mit Sprecherei!

DIE SÄULE Zu spät ...

MARIE STEUBER Du hast die Jahre nur geschwiegen? Du schwiegst?

DIE SÄULE Ja.

MARIE STEUBER Du hättest immer eine Antwort gehabt –

und schwiegst? So war alles nur Schweigen und niemals Dingruhe – letzte Stille?

DIE SÄULE Ich die Säule der Pfahl. Männlich weiblich. Schmerzlich. Ich habe es versucht. Ich fand den Ton. Ich war in den Worten. Es war die Hölle.

MARIE STEUBER Viel Unglück weißt du von mir. Aber jetzt ist ein Unheil geschehen.

DIE SÄULE Verzeih mir, Mensch. Ich bin aus dem Herzen der Dinge verstoßen.

MARIE STEUBER Jahr um Jahr tiefer und tiefer, um soviel wie die Glücklichen wachsen.

4

DER MANN OHNE UHR – ANSGAR – *zu Gast bei* MARIE STEUBER. *Sie sitzen beim Abendessen.*

ANSGAR Du bist so schön, hast blonde Haare, nett gekräuselt, und lädst einen Mann zum Essen ein, potthäßlich, dicke Brillengläser, schwitzt, klebt, stinkt, Hypochonder, Ekelproppen, und du lachst dauernd auf mich ein, legst mir sogar ein Geschenk unter die Serviette.

MARIE STEUBER Ja, das ist ein kleines Geschenk für dich. Zur Erinnerung an unseren Kennenlernenstag vorige Woche.

ANSGAR Danke. *Er legt das Geschenk unausgepackt beiseite.* Also. Was hat das alles zu bedeuten? Willst du den Job? Dann sag es klar heraus.

MARIE STEUBER Welchen Job?

ANSGAR Willst du den Job oder was willst du?

MARIE STEUBER Ich weiß nicht, von welchem Job du redest. Ich brauch keinen Job, ich hab keinen, aber ich brauch auch keinen. Ich mach dir ein Geschenk, ich ruf dich an, weil ich dauernd dran denken muß, vorige Woche, als wir auf der Messe solange miteinander geredet haben. Ich habe mich verliebt, wenn du so willst, ja. Ich weiß nicht, was du hast. Wenn ich dir lästig bin, dann sag es doch. Ich versuch dich zu erreichen, verstehst du, ich halt's kaum aus oder wie soll ich sagen, und du läßt dich verleugnen in deinem Chefzimmer, zuhause darf ich sowieso nicht anrufen, was soll ich denn tun, ich verstehe dich nicht.

ANSGAR Einkäuferinnen gibt es wie Sand am Meer. Du

mußt doch über mich irgend etwas Bestimmtes anpeilen. Du mußt doch genau wissen, was du willst. Es ist doch absurd, einen so miesen Typ wie mich ohne weiteres zum Essen einzuladen, das kannst du mir nicht erzählen, absurd.

MARIE STEUBER Es ist absurd, weißt du, was absurd ist, es ist absurd: Wenn ein Mann wie du sagt, er sei häßlich, mies und was weiß ich noch alles.

ANSGAR Brillenträger. Das wirst du ja nicht leugnen.

MARIE STEUBER Absurd! Ich verlieb mich in dich, ich werd' schon wissen, warum.

ANSGAR Eben.

MARIE STEUBER Mach das Geschenk auf.

ANSGAR Nimm nicht so große Bissen. Ich kann Frauen sowieso nicht essen sehen.

MARIE STEUBER Ausgezogen bis auf die Haut.

ANSGAR Wieso? Du?

MARIE STEUBER Ach, na ja.

ANSGAR Also, um die Sache kurz zu machen: Der Job, auf den du scharf bist, ist längst weg.

MARIE STEUBER Der Job ist mir scheißegal. Interessiert mich einen Scheißdreck, dein Job. Ich will dich. *Sie lacht.*

ANSGAR *nach einer Pause* Man frißt nur, um kräftig zu stinken.

MARIE STEUBER Wenn du meinst.

ANSGAR Du bist wohl verrückt geworden?

MARIE STEUBER *über das Glas, das sie mit den Fingern am Rand hält, den Hals vorstreckend* Ich liebe dich. Ja. Ich liebe dich.

ANSGAR Na gut. Ich finde dich schön. Du hast das Babygesicht und den Balkon von solchen Nutten, die ich mag. Na gut. Ich finde dich schön. Aber das ist auch alles.

Marie Steuber Mach doch, was du willst. Mach doch, was du willst mit mir.

Ansgar Hör zu, wenn ich dir den Job verschaffe, ist es sowieso aus mit uns. Ich mache mich strafbar.

Marie Steuber Hör auf. Laß es. Wir sind jetzt längst soweit, du und ich, daß sowieso alles Wahnsinn ist. Hast du überhaupt mal darüber nachgedacht, was passieren würde, wenn wir jetzt noch etwas trinken und es uns drüben ein bißchen gemütlich machen oder so?

Ansgar Ich habe darüber nachgedacht. Kurz bevor ich herkam.

Marie Steuber Und?

Ansgar Ich würde dich verprügeln. Wenn du mich bis dahin brächtest, würde ich dich einfach nur noch verprügeln.

Marie Steuber Ich weiß nicht, wie ich das finden soll, aber ich finde das eigentlich auch ganz aufregend –

Ansgar Halt die Klappe! Wer bist du? Wie kann sich ein Mensch so erniedrigen! Du bist nicht einfach eine Falle, eine Frau, tu nicht so, du bist ein Mensch. Hör auf mit deinen dummen Sprüchen. Nimm Haltung an. Schmeiß mich raus. Sei stolz. Du ekelst mich.

Marie Steuber Wie du meinst. Du wirst noch auf mich warten.

Ansgar Na, bleib. Bleib sitzen. Du bist ein armes Luder. Laß uns irgendwie ein gutes Wort füreinander finden.

Marie Steuber Ich denke nicht daran.

Ansgar Ich brauche nur mit dem Finger schnippen, und du denkst rabiat daran.

Marie Steuber Bitte. Mach doch.

ANSGAR Noch was.

MARIE STEUBER Du bist doch längst soweit, daß du nicht mehr anders kannst.

ANSGAR Trinken wir diese verdammte Grappa, wenn's sein muß, und ich verschwinde hier.

MARIE STEUBER *schlägt mit der flachen Hand auf den Tisch.* Nein!

ANSGAR Es gibt den Job nicht mehr! Hörst du? Er ist vergeben!

MARIE STEUBER *hohl* An wen denn?

ANSGAR Irgendeine Bewerberin. Was weiß ich. Ich kümmere mich nicht weiter darum.

MARIE STEUBER *trampelt mit den Füßen* Das interessiert mich nicht! Das interessiert mich alles nicht!

ANSGAR Ruhig, ruhig. Stell dir bitte vor, du hast mich hart beschäftigt. Ich gehe mit einer kleinen Spur von Hoffnung in so einen Abend. Ich werde, natürlich, enttäuscht –

MARIE STEUBER Aber ich enttäusche dich nicht!

ANSGAR *lächelt* Weißt du, ich bin häßlich, ich bin so unbeschreiblich häßlich, es fällt mir ganz leicht zu sehen, ob sich jemand für mich interessiert oder nur für diese kleine lächerliche Macht in meiner Hand.

MARIE STEUBER Du bist es nicht, du bist es nicht ...

ANSGAR Häßlich? Oder mächtig?

MARIE STEUBER Weder noch. Weder noch. Ich kann nicht mehr. Ich kann jetzt nicht mehr.

ANSGAR He! Mädchen! ... Wie heißt du noch, wie heißt du?

MARIE STEUBER Marie Steuber.

ANSGAR He, Marie Steuber, nicht schlappmachen. Komm her. Nicht schlappmachen. Ich will hier nicht den

Onkel Doktor spielen. Ich will mich mit dir unterhalten.

MARIE STEUBER Du brauchst es nicht. Du brauchst es nicht mehr.

ANSGAR Marie Steuber!

MARIE STEUBER Laß uns aufhören. Keinen Grappa mehr. Mir ist schlecht.

ANSGAR Es ist gut. Ich laß dich jetzt allein, Marie.

MARIE STEUBER Marie ... wie schön das klingt. Zum ersten, ersten Mal höre ich meinen Namen!

ANSGAR *schlägt ihr mit der Serviette ins Gesicht.* MARIE STEUBER *fährt erschrocken vom Stuhl auf.*

ANSGAR Eines kann ich dir sagen: Du bekommst diesen Job. Du bekommst ihn. Und wenn du dich auf den Kopf stellst. Du bekommst diesen Job. Und sonst nichts!

MARIE STEUBER Und ich sage dir auch etwas: Du bekommst mich – mich und keine andere!

5

Drei Männer im Vorzimmer einer Chefin: FRANK ARNOLD (ERSTER MANN); DER VÖLLIG UNBEKANNTE (ZWEITER MANN); DER MANN IM WINTERMANTEL (DRITTER MANN).

ERSTER MANN Daß Sie sich eines Tages bei einer Chefin bewerben würden, wer hätte das gedacht.

ZWEITER MANN Sie tun's doch auch.

ERSTER MANN Ich ja. Aber Sie. Ich habe immer die kleineren Brötchen gebacken.

DRITTER MANN *zum* ZWEITEN MANN Sie hätten ein zweiter Markus Bentheim werden können. Sie hatten das Zeug dazu.

ERSTER MANN Markus Bentheim? Ein zweiter Jo Packart hätte er werden können. Ein zweiter Dieter Nabel. Ein zweiter Alfred Schneider. Das hätte er werden können.

ZWEITER MANN Ich habe mir immer die Sonntage freigehalten. Ich habe meine freien Sonntage für die Familie genutzt. Meine Karriere ist mir nie so wichtig gewesen.

ERSTER MANN Sie sehen ja, was daraus geworden ist. Mit halber Kraft kommen Sie nicht etwa bloß halb so weit. Mit halber Kraft fallen Sie vollends zurück. Nach unten. Abwärts. Halbe Kraft ist so gut wie Nullkraft.

ZWEITER MANN Ach, hören Sie auf. Haben Sie gestern im Fernsehen den Typ gesehen, der seinen Geburtstagskuchen mit 250 Kerzen mit einem einzigen Atemstoß ausgeblasen hat?

DRITTER MANN Das ist absurd. Niemand braucht so etwas zu können. Kein Mensch feiert seinen 250. Geburtstag.

ZWEITER MANN Sie verstehen es nicht. Es ging um eine Wette. Es geht immer um irgendeine Wette in dieser Sendung.

DRITTER MANN Natürlich. Weiß ich ja. Aber 250 Jahre, 250 Geburtstagskerzen, das ist einfach absurd.

ERSTER MANN Ja, es ist absurd. Meinetwegen. Aber es macht den Leuten Spaß. Das ist die Hauptsache. Abgesehen davon, ist es doch auch etwas Großartiges, wenn jemand einen so langen Atem hat.

ZWEITER MANN Sie haben es gar nicht gesehen! Er hatte gar keinen langen Atem. Einen ganz kurzen Stoß hat er getan. Allerdings einen sehr kräftigen. Äußerst kräftig. Stürmisch könnte man sagen. 250 Lebenslichter aus. Vier, fünf Generationen –

DRITTER MANN Das halte ich für sehr unwahrscheinlich.

ERSTER MANN Sie glauben, er hat gemogelt?

ZWEITER MANN Bei dieser Sendung wird doch nicht gemogelt.

ERSTER MANN Sie glauben eben daran. Ihnen kann man inzwischen alles vormachen.

ZWEITER MANN Wenn bei dieser Sendung, die Sie offensichtlich gar nicht kennen –

ERSTER MANN Ich weiß genau, worum es dabei geht –

ZWEITER MANN Wenn bei dieser Sendung gemogelt würde, dann wäre sie in sich vollkommen wertlos. Absurd. Wenn überhaupt nur ein einziges Mal zufällig gemogelt würde, dann bräche die ganze Sendereihe sofort in sich zusammen. Vorbei, wie nie gewesen. Ausgelöscht.

DRITTER MANN Ausgeblasen. Stellen Sie sich vor: In die 250 Kerzen wäre eine unsichtbare elektronische Löschautomatik eingebaut –

ZWEITER MANN Das ist absurd. Was Sie über die Sendung denken, ist einfach absurd.

DIE CHEFIN/MARIE STEUBER *in der Tür lehnend* Ich höre Ihnen gern noch eine Weile zu, meine Herren.

6

Marie Steuber *in ihrer Wohnung kurz vor der Abreise. Gepackte Koffer und Taschen, die sie verschließt. Es schellt an der Wohnungstür. Sie öffnet,* Olaf *tritt ein, ebenfalls mit Koffer und Reisetasche.*

Marie Steuber Oh – Sie sind das?

Olaf Ich, ja. Haben Sie nicht mehr mit mir gerechnet?

Marie Steuber Doch ... ich dachte nur, es käme ... ein etwas kleinerer Mann. Wolfgang sagte mir – wenn Sie hier wohnen wollen, solange ich fort bin – ich weiß gar nicht, ob Sie in mein Bett passen! ... Sie kommen so spät – ich hatte Sie vor einer Stunde erwartet – ich muß ja selbst gleich los ... Was muß ich Ihnen noch erklären? Schnell. Zuerst die Gasetagenheizung. Kennen Sie sich mit so etwas aus? Gut. Dann, die Blumen gießen, jeden zweiten Tag. Die Zeitung, die Post aus dem Briefkasten nehmen, hier der kleine Schlüssel ... Wie viele Verpflichtungen Sie nun haben! Sie werden sich gar nicht ausruhen können, wie? Sie dürfen hier alles benutzen. Es soll Ihre Wohnung sein für die nächsten drei Monate. Ich hoffe, Sie werden sich wohlfühlen ... Ach, wie gern würde ich in Ruhe mit Ihnen reden. Wir kennen uns überhaupt nicht. Wie schade! Wenn ich wiederkomme, werden Sie längst verschwunden sein. Sie müssen noch beachten, daß der Toaster ein bißchen klemmt, wenn Sie überhaupt toasten möchten ... Ich muß weg. Leben Sie wohl. Leben Sie sich gut ein. Vielleicht denken Sie mal an mich, wenn Sie hier in meiner Wohnung sitzen ...

Olaf Warten Sie! Ich habe Ihnen noch gar nicht gesagt – wie schön Ihre Bilder sind. Es sind doch Ihre Bilder, nicht wahr?

Marie Steuber Ja. Gefallen sie Ihnen? Ich bin bloß Sonntagsmalerin. Das ist meine Schwester mit meinem früheren – na ja – Freund.

Olaf Noch etwas: Wie bezahle ich das Telefon?

Marie Steuber Das Telefon? Telefonieren Sie viel? Schreiben Sie's doch auf. Oder lassen Sie sich anrufen. Ach, machen Sie doch, was Sie wollen. Rufen Sie Ihre vielen Freundinnen an, fühlen Sie sich ganz wie zu Hause. Nein! Fast hätte ich's vergessen: Sie müssen unbedingt im nächsten Monat den Fensterputzer bestellen. Ich lasse Ihnen Geld da.

Olaf Nein. Bitte! Ich mache das.

Marie Steuber Wir rechnen ab!

Olaf Wir werden uns nicht wiedersehen. Ich rechne ab.

Marie Steuber Was noch? Was denn noch?

Olaf Ja, was noch, was noch. Ich weiß auch nichts mehr.

Marie Steuber Fällt Ihnen denn gar nichts ein, wonach Sie noch fragen könnten?! Mein Gott! Ich habe den Schrank abgeschlossen – wozu?

Sie geht und schließt alles Verschlossene wieder auf, öffnet die Schranktüren, die Laden des Sekretärs.

Da! ... Da! ... Bitte!

Olaf Warum gehen Sie?

Marie Steuber Ich will nicht. Ich will es wirklich nicht.

Olaf Bleiben Sie. Bleiben Sie hier.

Marie Steuber Nein. Ich muß weg. Ich muß. Adieu.

Olaf *schreit fast* Der Kellerschlüssel?!

Marie Steuber *jubelt* Der Kellerschlüssel! Ja, der Kellerschlüssel! Ich weiß nicht, wo er ist. Ich weiß absolut nicht, wo ich ihn hingelegt habe. Wir müssen ihn finden. Suchen wir ihn, suchen wir ihn!

OLAF Brauche ich den überhaupt?

MARIE STEUBER Natürlich brauchen Sie ihn. Unbedingt brauchen Sie ihn. Sie müssen mein Fahrrad fahren. Es muß dringend gefahren werden, es rostet vor sich hin. *Sie kramt im Schrank.* Hier, das Fotoalbum, das müssen Sie sich einmal ansehen. Nein! Ich muß es vor Ihnen verschließen. Ich geniere mich. Ich geniere mich immer, aber was ist eigentlich dabei, warum nicht. Sie sollen sich doch eine Vorstellung machen von dem Menschen, der hier wohnt, der nicht da ist, solange Sie hier sind. Sehen Sie, das bin ich mit sechzehn auf einer Bergtour ... Oh, Sie müssen es sich in Ruhe ansehen. Versprochen? Der Schlüssel ist natürlich nicht im Schrank. Der Schlüssel liegt auf dem Schrank. *Sie steigt auf einen Stuhl.* Hier ist der Kellerschlüssel. Und hier oben sind Briefe. Ein Bündel Briefe. Geheime Briefe. Schlimme, ganz verbotene Briefe. Die dürfen Sie nicht lesen. Die dürfen Sie ganz bestimmt niemals lesen. Versprechen Sie mir das?

Sie legt die Briefe auffällig hinter die Glastür des Schrankoberteils, schließt ab und legt den Schlüssel auf die Anrichte.

Niemals! ... Gut. Nehmen wir an, ich bliebe. Sie kommen nicht zu Ihrer Arbeit. Ich komme nicht fort von hier. Von mir selbst. Nicht raus aus dem immer gleichen Trott.

OLAF Wenn Sie blieben und ich auch, würde alles ganz anders hier. Es würde für Sie genauso neu wie für mich.

MARIE STEUBER Nein. Ich fahre.

OLAF Ich werde mit Ihnen kommen!

MARIE STEUBER Ihre Arbeit.

OLAF Ja. Ich kann nicht. Ich muß hierbleiben.

MARIE STEUBER Warum sind wir bloß so wenig entschlossene Menschen?!

OLAF Es hängt nur an einem Augenblick, in dem sich alles entscheiden kann oder nichts –

Es schellt an der Tür.

MARIE STEUBER Das Taxi! Ich muß runter. Helfen Sie mir, die Koffer tragen ...

OLAF Ich denke nicht daran. Sie bleiben hier.

MARIE STEUBER Nein. Zu spät. Sie hätten mich nehmen können. Einfach in den Arm, und alles wäre anders gekommen.

OLAF Lag es denn nur an mir?

MARIE STEUBER Ich weiß es nicht. Ich war mir auch nicht ganz sicher.

OLAF Ich werde nun immer an Sie denken müssen hier in Ihrer Wohnung.

MARIE STEUBER Ich werde nun immer daran denken, daß Sie in meiner Wohnung sind.

OLAF Unterwegs werden Sie von dem Gedanken schnell abgelenkt. Man reist und vergißt.

MARIE STEUBER Stellen Sie sich vor, ich wäre wirklich hiergeblieben. Wir hätten uns ganz schön verlegen angesehen.

OLAF Es wäre ein großer Entschluß gewesen. Man hätte ihm gerecht werden müssen.

MARIE STEUBER Eben. Plötzlich – für immer.

OLAF Und jetzt? Was ist jetzt?

MARIE STEUBER Jetzt müssen Sie nur auf meine Waschmaschine aufpassen. Ich habe keine Hausratsversicherung. Stellen Sie mir kein Unheil an. Und wenn Sie

wieder gehen – wenn Sie abfahren, schließen Sie alle Fenster, drehen Sie alle Hähne zu, schalten Sie den Kühlschrank ab, tragen Sie den Müll hinunter, schreiben Sie keinen Brief, ziehen Sie die Bettwäsche ab, lassen Sie kein Geld liegen, löschen Sie alle Lichter, stecken Sie den Schlüssel in den Briefkasten, lassen Sie keine Spur . . .
Sie hat sich an seine Schulter gelehnt. Dunkel.

7

OLAF *im Sessel zum Fenster.* JULIUS *kommt zur rechten Tür herein.*

JULIUS *reibt sich die Hände.* Was gibt es zu tun?
OLAF Nichts.
JULIUS *setzt sich in den Sessel zum Zimmer.*
JULIUS Ich bin eben wie ich bin. Scheint ja bei dir nicht besonders anzukommen.
OLAF Weißt du, ich kann einfach einen bestimmten Tatendrang, ich kann dein Händereiben angesichts der universellen Leere nur noch schwer ertragen.
JULIUS Es war deine Idee, du hast mir angeboten, bei dir zu wohnen.
OLAF Ja. Vielleicht war das eben keine besonders gute Idee.
JULIUS Also man hat das Gefühl: du suchst die Begegnung, du willst den anderen kennenlernen, du interessierst dich ernsthaft für ihn –
OLAF Auf der anderen Seite bin ich auch darauf angewiesen, meine Ruhe zu haben.
JULIUS Ich möchte nur noch einmal sagen: Ich habe mich dir nicht aufgedrängt –
OLAF Ist ja in Ordnung. Schon gut.
JULIUS Sitzen bleiben. Nur noch ein bißchen sitzen bleiben ...
OLAF Meine frühere Frau –
JULIUS Eine strahlende Erscheinung.
OLAF Das war sie nicht. Konnte sich hin und wieder dazu aufraffen, etwas aus sich zu machen. Ja, stimmt schon.

Aber zu schmale Schultern, zu kleines Gesicht, zu dünnes Haar.

JULIUS Ein sehr gewinnendes Wesen.

OLAF Hatte sie nicht. War eher spröde, fast kühl, möchte ich sagen. Aber mit Schliff; ja, stimmt schon.

JULIUS Eine lebendige, muntere Person.

OLAF Ein unglücklicher Mensch. Wenn ich sehe, wie Marie sich heute abplagt mit ihrer Unfähigkeit, ihr Leben selbst zu organisieren –

JULIUS Wie schlimm ist das alles.

OLAF Alles nur halb so schlimm.

Im Nebenzimmer läutet das Telefon.

JULIUS Gehst du?

OLAF Nein. Geh du.

JULIUS *geht durch die rechte Tür ab.* OLAF *steht auf, geht zum Fenster.*

OLAF Die Weihnachtsbäume liegen im Februar noch am Straßenrand. Eislachen bedecken den Streusand wie ölige Plastikfolien. *Er lächelt.* Die jungen Damen spiegeln sich im Schaufensterglas und bürsten im Vorübergehen rasch ihr Haar . . .

Er setzt sich in den Sessel zum Zimmer.

Man freut sich immerhin, daß er gleich eine Zigarette anstecken wird, wenn er zur Tür hereinkommt. Es zeigt doch, er ist immer noch ein bißchen aufgeregt. Es zeigt doch, es ist ihm noch nicht alles gänzlich gleichgültig geworden.

JULIUS *kommt zur rechten Tür herein, zündet sich eine Zigarette an, setzt sich in den Sessel zum Fenster.*

OLAF Wer war es?

JULIUS Ansgar.

OLAF Und? Hat er mich grüßen lassen?

JULIUS Nein. Hat er vergessen.

OLAF Hm. Hat mich nicht einmal grüßen lassen. Bin ich also Luft für ihn.

JULIUS Nun mußt du nicht gleich wieder trübsinnig werden.

OLAF Warum hat er nicht ein einziges Wörtchen für mich übrig? Er weiß doch, wie sehr ich mich freue über einen kleinen Gruß, ganz nebenbei.

JULIUS Er hat dich so oft grüßen lassen, und es war dir piepegal.

OLAF Piepegal nie.

JULIUS Ach doch. Völlig gleichgültig war es dir. Wurscht im Grunde. Du hast nicht einmal darauf reagiert. Und jetzt, das eine Mal, daß er nicht dran denkt, brichst du zusammen.

OLAF Es kommt eben ein bißchen viel auf einmal, weißt du.

JULIUS Aber so ein Gruß oder nicht, so ein vergessener Gruß, das ist doch kein Schicksalsschlag.

OLAF Das kommt ja wohl ganz darauf an, in welchem seelischen Gleichgewicht oder nicht sich ein Mensch befindet. Ein vergessener Gruß ist unter Umständen das Zünglein an der Waage. Im übrigen hättest du mich vor dieser neuerlichen Belastung bewahren können, indem du mir nämlich nichtsdestotrotz seine Grüße ausgerichtet hättest, obwohl er dir nun einmal keine aufgetragen hatte. Nur um des lieben Friedens willen, verstehst du? Es wäre eine Frage des Feingefühls gewesen. Eine Geste.

JULIUS So etwas tue ich nie.

OLAF Das ist eben deine Art Aufrichtigkeit, die keine Rücksicht auf den Mitmenschen nimmt. Du nimmst es lieber in Kauf, daß ich eine tiefe Stimmungsniederlage erleide, anstatt mir mit einer kleinen Gefälligkeitslüge darüber hinwegzuhelfen.

Julius Jetzt hast du es mit deinem Herumbohren in der Wunde immerhin soweit gebracht, daß, falls er wieder anruft und dir wirklich Grüße ausrichten läßt, und ich sag's dir dann, du sowieso nicht daran glaubst und mir erklärst, ich kenn dich doch, in deinem abgrundtiefen Mißtrauen, es handle sich wohl nur um eine Gefälligkeitslüge meinerseits, und das ist ja auch so, jetzt wo ich weiß, wie sehr du daran hängst und was du gern hören willst, das bekommst du dann auch von mir zu hören, so ist das nicht, aber ob er dich wirklich hat grüßen lassen oder ob ich dir das nur so sage, das wird nun ein für allemal nicht mehr rauszufinden sein für dich.

Olaf Ja natürlich, das mußte ja kommen. Soweit hast du es immerhin gebracht mit deiner plumpen Aufrichtigkeit.

Julius Was heißt ich? Du. Hättest du nicht von der Gefälligkeitslüge gesprochen, hättest du nicht die Gefälligkeitslüge in die Welt gesetzt, dann hätten wir jetzt nicht das geringste Problem mit der verdammten Grüßerei oder Nichtgrüßerei.

Olaf Du könntest schließlich in dem Fall, in dem er mich nicht grüßen läßt und du mir unwahrhaftigerweise dennoch seine Grüße ausrichtest, es mit leicht erhobener Stimme und merklichem Zukneifen des linken Auges tun, damit ich nicht vollkommen darauf reinfalle.

Julius Dann stehen wir doch genau wieder da, wo wir am Anfang standen. Was ist denn eine merkliche Lüge, eine Lüge in Gänsefüßchen und mit Augenzwinkern anderes als die nackte Wahrheit, der rohe Sachverhalt?

Olaf Der Sachverhalt ist in diesem Fall gar nicht ausschlaggebend. Es ist viel wichtiger, daß ich spüre, von dir aus geschieht etwas, du gibst dir alle erdenkliche Mühe, mich einerseits zu schonen und mich andererseits im unklaren zu lassen oder vielmehr im klaren darüber, daß du mir nur ein Zeichen gibst, eine kleine Aufmerksamkeit, ein bißchen So-tun-als-Ob, daß es zwischen uns eine gewisse Federung gibt, etwas mehr Spiel, ob er mich nun grüßen läßt oder nicht, das ist mir doch vollkommen gleichgültig in dem Moment, wo ich sehe, dir bedeutet es etwas, ob mir das gleichgültig ist oder nicht, wenn ich das nur annähernd spüre, sind Lüge und Sachverhalt mit nichts aus der Welt geschafft und die ganze Bedrückung nach einem solchen Anruf, wo ich sowieso nie mehr daran glauben kann, daß er mich grüßen läßt, egal ob du nun zwinkerst oder nicht, völlig Wurscht, diese verdammte Depression wird dadurch ein klein wenig aufgefangen, verstehst du. Das ist alles. Nur darum geht es.

8

Das Zimmer als Vor- oder Durchgangsraum zu Büros, zu denen man durch die rechte Tür gelangt. Im linken geöffneten Fenster steht ein Mann, dem nicht wohl ist, tief durchatmend. Im rechten Fenster MARIE STEUBER, *die ein Gebäck ißt und aus einer Tüte Milch trinkt. Die rechte Tür halboffen. Straßenlärm, Computerpiepsen, Telefonschnurren. Aus der Tür tritt eine* KOLLEGIN (DIE UNGEDULDIGE).

DIE KOLLEGIN Ich gehe in die Mittagspause, Marie. Könntest du kurz nach eins in der Druckerei anrufen, ob Schmidt und Wolf den Entwurf für den Prospekt geliefert haben?

MARIE STEUBER Ja. Mach ich.

DIE KOLLEGIN Hast du was von Olaf gehört?

MARIE STEUBER Ach der. Ich frag ihn, ob er Ostern mit mir nach Madrid fährt. Er schickt mir ein Videoband, auf dem er einen Flunsch zieht. Das ist alles. Mehr ist von dem nicht zu kriegen.

DIE KOLLEGIN Warum läßt du dir nicht mal wieder die Karten legen?

MARIE STEUBER Ja. Vielleicht.

DIE KOLLEGIN Bis später.

MARIE STEUBER Mahlzeit.

DIE KOLLEGIN *durch die linke Tür ab. Kurz darauf kommen ein* KUNDE *und* DIE CHEFIN (DER MANN IM WINTERMANTEL *und* DIE SCHLAFFRAU) *aus der rechten Tür.*

DER KUNDE Bei uns hieß es noch: Die Frau bringt die Kultur ins Haus, der Mann sorgt für die Ökonomie.

Die Chefin Warum nicht mal umgekehrt? Der Mann bringt die Kultur ins Haus, die Frau sorgt für die Ökonomie.

Der Kunde Weshalb alles auf den Kopf stellen? Wozu?

Die Chefin Ich weiß, die Schuhverkäuferin, das ist Ihr Ideal: sitzt immer brav zu Ihren Füßen und fragt hinauf, ob's paßt. *Zu* Marie Steuber Mahlzeit . . .

Marie Steuber Mahlzeit, Frau Siebwald.

Die beiden durch die linke Tür ab. Fast im gleichen Augenblick tritt Der Grafiker (Der völlig Unbekannte) *herein.*

Der Grafiker *zu* Marie Steuber Ich komme von Schmidt und Wolf. Ist Fräulein Dübbe zu sprechen?

Marie Steuber Sie ist eben zu Tisch gegangen.

Der Grafiker Ich bringe den Entwurf für den Frühjahrsprospekt.

Marie Steuber Ach, er ist noch nicht in der Druckerei? Legen Sie ihn doch bitte drüben auf ihren Schreibtisch.

Der Grafiker *nach rechts ab und wieder zurück.*

Der Grafiker Ich hab's eilig. Sagen Sie ihr, ich rufe später an. Es gibt noch ein paar Fragen –

Marie Steuber Wir haben uns einmal kennengelernt.

Der Grafiker Ja. Richtig. Wie geht's?

Marie Steuber Danke. Und selbst?

Der Grafiker Na, geht so. Viel zu tun.

Marie Steuber Immer noch?

Der Grafiker Immer wieder, ja.
Wann war das gleich?

Marie Steuber Das war – warten Sie – das war September 82 im Rathaus.

Der Grafiker September 82? Da war ich in den Staaten. Das kann nicht sein.

MARIE STEUBER Ganz sicher? Oder war es 83?

DER GRAFIKER Im Rathaus?

MARIE STEUBER Bei der Siegerehrung nach dem Wettwandern.

DER GRAFIKER Kann ich eigentlich nicht gewesen sein.

MARIE STEUBER Wir kennen uns irgendwoher, ich seh es doch.

DER GRAFIKER Ja. Ich glaube nur, es liegt viel länger zurück.

MARIE STEUBER Vielleicht. Ich glaube es auch inzwischen. Es muß schon sehr lange her sein.

DER GRAFIKER Wie man doch ein Gesicht behält und alles andere vergißt.

MARIE STEUBER Aber komplett.

DER GRAFIKER Ich muß weiter. Schönen Tag noch.

MARIE STEUBER Gleichfalls.

DER GRAFIKER Was hat der Mann dort?

MARIE STEUBER Dem ist schlecht. Jede Stunde kommt er einmal runter aus seinem Büro, um hier ein bißchen frische Luft zu schnappen. Oben haben sie nur Klimaanlage. Man kann die Fenster nicht öffnen.

DER GRAFIKER Kennen Sie ihn?

MARIE STEUBER Nein.

DER GRAFIKER Es sieht aus, als würde er gleich einen Herzanfall bekommen. Vielleicht sollte man den Krankenwagen holen. Man weiß nie, ob man helfen soll oder nicht. Ob man nicht doch zu früh eingreift. Ich geh erst mal lieber nicht an ihm vorbei. Ich seh so was einfach nicht gern. *Er dreht sich zu* MARIE STEUBER *um.* Sagen Sie mir, wenn es vorbei ist.

MARIE STEUBER Weißt du, ich glaube, du hast es wirklich vergessen.

Der Grafiker Ja. Stimmt. Und du?

Marie Steuber Ich auch. Leider. Ich bring's nicht mehr auf die Reihe. Ich zerbrech mir den Kopf.

Der Grafiker Es ist einfach zu lange her.

Marie Steuber Immerhin haben wir uns reibungslos wiedererkannt.

Der Grafiker Auf Anhieb, muß man sagen, doch, erfreulich.

Marie Steuber Na ja, erfreulich, was weiß ich, was es damals eigentlich war. Vielleicht war's gar nicht unbedingt erfreulich. Ich weiß es einfach nicht mehr.

Der Grafiker Irgendwas in grauer Vorzeit. Aber das Gesicht, das bleibt einem eben.

Marie Steuber Du kannst dich umdrehen. Er ist weg. Er hat sich bloß verschnauft.

Der Grafiker Ich seh nicht gern, wenn es jemandem übel ist. Mir wird selbst ganz flau dabei.

Marie Steuber Ist ja nun vorbei. Geh nur.

Der Grafiker Na gut. Also – wenn ich gleich wieder zur Tür hereinkomme, dann ist mir zu uns was eingefallen.

Marie Steuber Gut, gut. Wenn ich gleich hinter dir her renne, dann ist mir auch was eingefallen.

Der Grafiker Na dann – bis gleich, hoffe ich.

Marie Steuber Hoffst du?

Der Grafiker Oder nie.

Marie Steuber Wird wohl nichts Besonderes gewesen sein damals. Kann ja nicht.

Der Grafiker Würde mich trotzdem interessieren, falls du drauf kommst. Schönen Tag noch.

Marie Steuber Gleichfalls.

Dunkel

SIEBEN TÜREN
Bagatellen

Manchmal, in Minuten mit Überlänge, scheint das große Huschhusch, unser alltägliches Leben, am Saum des Feuers zu tanzen. Dann sieht man nicht eine Tür, sondern es stehen derer sieben halb offen. Das könnte das wahre Ende bedeuten: die Ausgänge hoffnungslos in der Überzahl! Nicht ein freier Ausgang, sondern eine Serie von gleichen freien Ausgängen, die uns keine Chance lassen, den einzig richtigen Weg einzuschlagen. Angesichts der erbrochenen Geheimnisse – angesichts einer Arena von halb offenen, lockenden Türen ist Sitzenbleiben die beschlossenste Sache der Welt. Denn wenig später löst sich der Trug: es war nur ein tückischer Scherz, den sich der Teufel mit unseren Sinnen erlaubte. Hier ist nicht limbo, hier nicht die mildere Hölle, und der Teufel steckt allein im hinkenden Vergleich.

Die Szenen spielen vor einem Halbrund von Sieben Türen mit Milchglasscheiben in der oberen Füllung.

Der Hausherr

Aus zwei Türen treten zugleich auf Der Vorstandsvorsitzende *und* Der Mieter.

Der Mieter Sind Sie der Hausherr?
Der Vorstandsvorsitzende Worum geht's?
Der Mieter Sind Sie's?
Der Vorstandsvorsitzende Wir sind hier eine Immobiliengesellschaft, ich bin der Vorstandsvorsitzende.
Der Mieter Sind Sie mein Hausherr?
Der Vorstandsvorsitzende Wo wohnen Sie? Es gibt für jedes unserer Häuser den eigens zuständigen Sachbearbeiter.
Der Mieter Ich werde nicht mit Untergebenen sprechen. Es ist nutzlos, mit Untergebenen zu sprechen.
Der Vorstandsvorsitzende Wenden Sie sich an Ihren Sachbearbeiter.
Der Mieter Sie sind mein Hausherr und nur Ihnen habe ich etwas zu sagen.
Der Vorstandvorsitzende Ich werde Sie kaum verstehen. Ich bin ungeübt im Mieterverkehr.
Der Mieter Ich wohne aber doch in der Otto-Heinrich-Straße 15!
Der Vorstandsvorsitzende So. Und? Wissen Sie denn nicht, wer für dieses Haus zuständig ist?
Der Mieter Ich weiß es wohl.

DER VORSTANDSVORSITZENDE Na, dann wenden Sie sich an den betreffenden Herrn.

DER MIETER Nur an den Hausherrn persönlich.

DER VORSTANDSVORSITZENDE Was hat es denn auf sich mit dem Haus Otto-Heinrich-Straße 15?

DER MIETER Das fragen Sie mich?

DER VORSTANDSVORSITZENDE Ich kenne das Haus Otto-Heinrich-Straße 15 nicht. Wie sollte ich alle Häuser kennen, die unsere Gesellschaft besitzt. Ich bin Verwaltungsexperte, mehr nicht.

DER MIETER *reißt die Türen auf.* Wo ist mein Hausherr? Lassen Sie mich zu ihm! Ich brauche die oberste Instanz.

DER VORSTANDSVORSITZENDE Moment! Höher hinauf als zu mir geht es eigentlich nicht in unserem Verein. Sie stehen schon vor dem Richtigen, insofern.

DER MIETER Aber Sie kennen das Haus doch gar nicht, in dem ich wohne.

DER VORSTANDSVORSITZENDE Persönlich nicht. Ich sollte es jedoch kennen, als Objekt. Es genügt ein Blick in die Unterlagen –

DER MIETER Ein Mann besitzt ein Haus und kennt es nicht! Davor habe ich mich immer gefürchtet.

DER VORSTANDSVORSITZENDE Ich muß Ihnen doch nicht erklären, daß ich im landläufigen Sinn kein Hausbesitzer bin.

DER MIETER Gehört es Ihnen, das Haus Otto-Heinrich-Straße 15?

DER VORSTANDSVORSITZENDE Persönlich nicht.

DER MIETER Was zum Teufel ist denn an Ihnen persönlich?

DER VORSTANDSVORSITZENDE Persönlich stehe ich vor

Ihnen. Übersehen Sie das nicht. Höher hinauf geht es nicht in unserem Verein.

DER MIETER Ihr Stolz und Ihr Verein ergeben noch keinen Hausherrn.

DER VORSTANDSVORSITZENDE Es ist Ihnen gelungen, bis in die Chefetage vorzudringen. Aber Sie suchen offenbar den großen Unbekannten.

DER MIETER Ich habe meinem Hausherrn etwas zu sagen.

DER VORSTANDSVORSITZENDE Sie wissen so gut wie ich, daß es heutzutage einen persönlichen Hausherrn, wie Sie es nennen, kaum noch gibt.

DER MIETER Ach? Sondern?

DER VORSTANDSVORSITZENDE Es gibt Gesellschaften, Treuhandorgane, Konsortien, Verflechtungen über Verflechtungen.

DER MIETER Hören Sie auf! Das sind die Fantasien eines Wahnsinnigen! Eines Paranoikers! Ich will nichts davon wissen!

DER VORSTANDSVORSITZENDE Wir haben es hier weniger mit dem Wahnsinn zu tun als vielmehr mit handfesten wirtschaftlichen Gegebenheiten. Sie werden es schwer haben, mein Herr, wenn Sie Ihre Idee vom persönlichen Hausherrn nicht endlich an den Nagel hängen.

DER MIETER Was heißt Idee? Ich suche ihn, ich brauche ihn. Er soll – er muß mir sein Ohr leihen.

DER VORSTANDSVORSITZENDE Und mir – mir wollen Sie es nicht sagen, mir als jemandem, der den Geist des Hausherrntums in seiner modernen Form verkörpert.

DER MIETER Ich traue Ihnen nicht. Und im übrigen: Sie kennen das Haus, in dem ich wohne, ja nicht. Es geht darum, daß sich in diesem Haus – dem Haus meines Hausherrn – bereits ein anderes Haus befindet.

DER VORSTANDSVORSITZENDE Ein Haus im Haus?

DER MIETER Gewiß, ja.

DER VORSTANDSVORSITZENDE Wie soll man das verstehen?

DER MIETER Das werde ich Ihnen nicht erzählen.

DER VORSTANDSVORSITZENDE Sie meinen nicht etwa, es wohnt bereits jemand anderes – ein anderes Wesen, ein anderer Mensch im Haus?

DER MIETER Das meine ich auf gar keinen Fall.

DER VORSTANDSVORSITZENDE Sondern Sie würden sagen: In Ihrem Haus wohnt bereits ein anderes Haus.

DER MIETER Ja.

DER VORSTANDSVORSITZENDE Wie soll denn das aussehen: Ein Haus im Haus? Erzählen Sie mir nach einem anstrengenden Sitzungstag doch solch einen Unsinn nicht.

DER MIETER Ihnen erzähle ich weiter nichts.

DER VORSTANDSVORSITZENDE Nein. Denn dieser Unsinn wäre uns längst schon zu Ohren gekommen. Ich versichere Ihnen: Die Gesellschaft besitzt kein Haus, in dem ein anderes bereits wohnt ... Schmeißen Sie's doch raus, dies Ekel! Schmarotzer! Machen Sie kurzen Prozeß. Ich meine, Sie brauchen in einem solchen Fall nicht zu prozessieren. Hier gilt das Faustrecht. Raus mit dem Drecksstück!

DER MIETER Sie sind weit davon entfernt, mein Hausherr zu sein.
Hiervon haben Sie mich immerhin überzeugen können.

DER VORSTANDSVORSITZENDE Ich bin Ihr Hausherr, verdammtjuchhee!

Und wenn Sie es nicht glauben, dann werde ich's Sie spüren lassen. Ich bin der Vorstandsvorsitzende unserer Immobilien-AG und Verwaltungs-KG. Ich habe, lieber Herr, meine Möglichkeiten, mit Häusern, die in Häusern wohnen und Verrückten, die mir so etwas erzählen, fertig zu werden! Darauf können Sie sich verlassen.

DER MIETER Da ich Ihnen weiter nichts zu erzählen gedenke und Sie in Kürze vor dem rätselhaften Tatbestand, so wie ich ihn angeschnitten habe, verloren stehen lassen werde, darf ich Ihnen versichern, daß Ihre Möglichkeiten, auf die Sie anspielen, vor dem Haus Otto-Heinrich-Straße 15 an ihre Grenzen stoßen werden.

DER VORSTANDSVORSITZENDE Gut. Bleiben wir beide auf dem Teppich. Rauche, staune, gute Laune. Wie lange wohnt demgemäß das Haus schon bei Ihnen? Nein! Herrgott! Ich kann diesen Unfug nicht aussprechen! Ich darf es nicht. Spreche ich's aus, dann denk ich's am Ende auch. Das fehlte noch. Soweit geht die Affenliebe nicht, mein Freundchen!

DER MIETER Worüber Sie sich jetzt ereifern, sind allein Sie selbst.

DER VORSTANDSVORSITZENDE Natürlich, Menschenskind, ich ereifere mich, ich krieg ja Krämpfe im Gehirn. Das ist ja Gift, was Sie mir da erzählen, pures Gift.

DER MIETER Warum haben Sie sich überhaupt auf ein Gespräch eingelassen, wo Sie doch mein Hausherr nachweislich nicht sind?

DER VORSTANDSVORSITZENDE Bin ich! Bin ich! Schweigen Sie.

DER MIETER Sie hätten schweigen sollen. Von Anfang an gar nicht darauf eingehen, das hätte ich Ihnen empfohlen.

Der Vorstandsvorsitzende Sie haben mich doch bedroht, als ich aus der Tür des Vorstandszimmers kam, bedroht mit diesem gierigen Unsinn, mit Ihrem ganzen feurigen verrückten Wesen! Sie wissen doch selbst am besten, wie wenig man einem geistigen Amokläufer letztlich ausweichen kann!

Der Mieter Ja. Im Grunde gar nicht.

Der Vorstandsvorsitzende: Und wenn man erst mal einen Spritzer von seinem Unverstand abbekommen hat, dann hilft alles nichts, dann muß man abwarten, bis sich das Zeug im Blut wieder verdünnt hat. Ich habe das einmal selbst sogar im Vorstand erlebt, als der Herr Schimmelpfennig seinen Anfall bekam und dann ja auch nicht mehr für den Vorstand kandidierte, er war nämlich völlig überfordert und drehte durch, und ich sage Ihnen, im selben Moment wurde auch mir alles zuviel, die Akten eine graue Mauer, das Zimmer eine Gummizelle, und ich dachte: Noch ein verrücktes Wörtchen, und ich dreh mit ihm durch!

Der Mieter Meinen Hausherrn habe ich gesucht und ein schwindliges Vorstandsvorsitzerchen habe ich gefunden. Wie aussichtslos!

Der Vorstandsvorsitzende Sie können es mir glauben: Ich bin von Natur alles andere als ein Nervenbündel.

Der Mieter Sie sind das geborene Nervenbündel. Sie sind von Geburt an immer ein Nervenbündel gewesen.

Der Vorstandsvorsitzende Da täuschen Sie sich.

Der Mieter Ich täusche mich ganz gewiß nicht.

Der Vorstandsvorsitzende Wenn Sie wüßten, wie viele Entscheidungen ich täglich einschneidend treffe!

Der Mieter Trotzdem erkenne ich das Nervenbündel

auf den ersten Blick. Ich erkenne es aus cirka hundert Metern Entfernung. Ich kann einem Nervenbündel auf den Kopf zu sagen: Du bist ein solches. Dafür habe ich einen untrüglichen Instinkt.

DER VORSTANDSVORSITZENDE Den haben Sie eben nicht.

DER MIETER Und ob!

DER VORSTANDSVORSITZENDE Von wegen!

DER MIETER Ha! *im Ton von ›man höre!‹*

DER VORSTANDSVORSITZENDE Tja. *›ich sag's, wie's ist‹*

DER MIETER Tsss! *›Der glaubt mir doch nicht!‹*

Abfolge von Lauten der Selbstbehauptung des einen und des Zweifels an dieser Haltung durch den anderen.

DER VORSTANDSVORSITZENDE Ffff!

DER MIETER Hm! *Kopfstimmengicks, belustigt*

DER VORSTANDSVORSITZENDE Phhh!

DER MIETER Bbbb *mit vibrierenden Lippen*

DER VORSTANDSVORSITZENDE Kkkk *etwas fauchig*

DER MIETER A *kurz, verächtlich*

DER VORSTANDSVORSITZENDE Mm *Brummen, etwas nachdenklich*

DER MIETER Mm *ebenfalls etwas nachdenklich*

Durch eine der Türen treten auf DER REGISSEUR *und* DIE FRAU

HEIMKEHR

DER REGISSEUR Hier steht der Fernseher. Darunter der Videorekorder. Du siehst die letzten Minuten der Sendung. Dein Mann sitzt in diesem Glaskasten auf der

Bühne, der Thomas Schwarze stellt ihm die letzte, absolute Frage. *In einer der Türen wechselt die Milchglasscheibe mit einer durchsichtigen, und es erscheint der Kopf des* MANNES *mit Kopfhörern.* Es geht um alles oder nichts. Er schwitzt, er kaut an seinen Lippen. Er hört die Frage, er hört die ersten Takte der Ratemusik, er antwortet wie aus der Pistole geschossen, ein Aufschrei von dir, von Millionen, aus einer Kehle ... Falsch. Falsche Antwort. Aus und vorbei. Er hat verloren. Du stehst auf, gehst zur Flasche, nimmst einen kräftigen Schluck. Weißt du, im Film würde ich die Straßen der Kleinstadt zeigen, die Straßen sind leergefegt, alle sitzen zuhaus vorm Fernsehschirm und greifen fiebernd nach ihren Erdnüssen – und wie dann ein Aufschrei durch die Gassen gellt, ein Aufschrei aus allen Fenstern zugleich. Zuhaus allein gehst du durch die Wohnung, rückst alles, was an seinem Platz steht, um so fester an seinen Platz. Schließlich trittst du vor die hochstielige Blumenvase, zögerst einen Augenblick und schlägst sie dann mit einem Handkantenschlag nieder. Du hast die Sendung auf Video mitgeschnitten, du läßt dir den Augenblick der Niederlage wieder und wieder vorspielen. ›Er ruft natürlich nicht an‹, murmelst du.

Nächste Szene. Heimkehr des geschlagenen Kandidaten. Er kommt rein, setzt sich stumm an den gedeckten Tisch und beginnt besinnungslos zu essen ...

DER MANN *tritt durch eine der Türen auf, setzt sich an den Tisch, beginnt zu essen.* DER REGISSEUR *zieht sich zurück.*

DER MANN Hast du dir den Kollegen von der Ostasienfraktion einmal näher angesehen?

DIE FRAU Den Sieger?

DER MANN Widerlicher Pinsel.

DIE FRAU Er kannte sich aus. Wissenssieger.

DER MANN Dieser Bastard von einem Chinakenner! Diese Operettencharge des Wissens! Von dem läßt du dich beeindrucken? Übrigens: Der Thomas Schwarze ist der ungebildetste Mensch, der mir je begegnet ist. Wenn der seinen Spickzettel nicht bei sich hätte –

DIE FRAU Du weißt einfach nichts, Horst.

DER MANN Ich wußte, daß das nicht Liszt war.

DIE FRAU Sondern? Tristan und Isolde war's.

DER MANN Ja, Gott, ich bin Liszt-Experte.

DIE FRAU Das hättest du doch hören müssen, daß das nicht ›Hänsel und Gretel‹ ist! Wozu ackern wir drei monatelang, Tag für Tag, nachts unterm Kopfkissen die Kassetten, wozu das Ganze?

DER MANN Es war doch nur ein Spiel, ein Spiel!

DIE FRAU Wie bist du denn bloß auf Humperdinck gekommen?

DER MANN Frag mich nichts mehr! Frag mich nie wieder was!

DIE FRAU Wir hatten doch nie etwas von Humperdinck gehört!

DER MANN Du nicht. Ich schon.

Das reicht alles viel weiter zurück, als man denkt. Mein erster Klavierlehrer Anfang der Fünfziger war eben ein Kommunist.

DIE FRAU Geh in dein Büro. Kümmere dich um deine Datenbänke. Laß die Finger vom Wissen.

DER MANN Schwamm drüber. Es gibt Wichtigeres im Leben als Liszt und Konsorten.

DIE FRAU Weiß du, ich denke mir, daß die Sache mit der falschen Antwort einfach wichtiger ist als alles andere.

DER MANN Ach! Morgen sieht alles schon wieder ganz anders aus.

DIE FRAU Ich fürchte, morgen sieht alles ganz genauso aus.

DER MANN So? Meinst du? Von mir aus. Der Klügere gibt nach.

DIE FRAU Der Klügere gibt nicht nach. Er setzt sich durch.

DER MANN Tja. Jetzt lebst du bis ans Ende deiner Tage mit einem Wissensverlierer zusammen.

Aus einer Tür treten DIE DAME MIT DEM MIKROFON *und* DER MAHNER UND WARNER. *Sie setzen sich auf eine Couch.*

EIN VERSEHEN

DIE DAME MIT DEM MIKROFON Herr Gorschinski, Sie haben seit zwanzig Jahren in Ihren Büchern vor der Selbstvernichtung der Menschheit gewarnt . . .

DER MAHNER UND WARNER Wie? Entschuldigen Sie, ich höre etwas schwer . . .

DIE DAME MIT DEM MIKROFON *lauter* Sie haben seit zwanzig Jahren . . . nein, das ist zu laut. Ich kann nicht so schreien, das Mikrofon, wir kriegen einen verzerrten Ton. Verstehen Sie mich?

DER MAHNER UND WARNER Nun ja. Sehen Sie, das ist alles gar nicht so furchtbar neu. Ich habe schon vor zwanzig Jahren in einem meiner Bücher darauf hingewiesen, daß unser Schicksal als Spezies, als sogenannte ›Krone der Schöpfung‹ gewissermaßen aussichtslos ist. Ich würde heute sogar sagen –

DIE DAME MIT DEM MIKROFON *wiederholt mittellaut ihren Anfang* Herr Gorschinski –

DER MAHNER UND WARNER Ja?

DIE DAME MIT DEM MIKROFON Sie haben seit zwanzig Jahren in Ihren Büchern vor der Selbstvernichtung der Menschheit gewarnt. *Sie umklammert das Mikrofon.* Verstehen Sie mich?

DER MAHNER UND WARNER Das ist richtig.

DIE DAME MIT DEM MIKROFON Gut. Würden Sie sagen, daß die Entwicklungen auf unserem Planeten Ihre Thesen inzwischen bestätigt haben?

DER MAHNER UND WARNER Wenn Sie bitte etwas lauter –

DIE DAME MIT DEM MIKROFON Ob Sie glauben, daß Ihre Thesen – Nein, stopp. Noch einmal. Ich brauche die präzise Frage. Anschlußproblem.

DER MAHNER UND WARNER Sehen Sie, die Geschichte der Menschheit, der geschichtliche Raum umfaßt ja erst runde sechstausend Jahre. Wir sind gewissermaßen noch sehr jung.

DIE DAME MIT DEM MIKROFON *laut* Einen Augenblick, bitte! Die Frage, ich muß erst die Frage stellen.

DER MAHNER UND WARNER Ja. Leider ja, möchte ich sagen. Ohne jede Einschränkung. Im Gegenteil. Sie können jedes meiner Bücher hernehmen und darin jeden Satz dreimal unterstreichen, nach den verheerenden Entwicklungen der letzten Jahrzehnte.

DIE DAME MIT DEM MIKROFON Das heißt, Sie bleiben bei Ihrer Auffassung, daß der Mensch ein Versehen im Programm der Schöpfung ist?

Der Mahner und Warner Ein Versehen? Welches denn? Ach, wissen Sie, es mag mir gewiß das ein oder andere kleinere Versehen unterlaufen sein. Bei einem Werk dieses Umfangs, wie ihn das meine nun einmal besitzt, ist das im Grunde ganz unvermeidlich. Aber worauf wollen Sie hinaus im speziellen?

Die Dame mit dem Mikrofon Nein, nichts Spezielles, ganz allgemein. Ich habe Sie doch richtig verstanden: Die Menschheit im ganzen, der Mensch an sich ist ein Versehen, im großen und ganzen – *lauter* das Menschheitsversehen!

Der Mahner und Warner Ach so. Natürlich. Ich weiß jetzt, was Sie meinen. Entschuldigen Sie bitte. Ich war einen Augenblick abwesend, mente captus. Also: ein Versehen. Vielmehr: Das Versehen. Natürlich. Selbstverständlich. Der Mensch – ein Irrtum der Natur. Das menschliche Hirn eine evolutionäre Fehlentwicklung. Man kann es so sehen, und ich habe es so gesehen, kein Zweifel.

Die Dame mit dem Mikrofon Sie räumen aber trotz allem einem kritischen Optimismus ein gewisses Recht ein?

Der Mahner und Warner Und wenn ich das noch hinzufügen darf: Ich werde es auch in Zukunft nicht anders sehen – falls mir die Zukunft noch Gelegenheit dazu läßt! *Er lacht.*

Im Autosalon

Zwei Männer und ein junger Verkäufer auf der Couch. Eine Bildwerfersäule mit den neuesten Modellen.

ERSTER MANN Ist auf den Rädern dieses Autos je eine Probefahrt unternommen worden?

Der VERKÄUFER *wirft den Oberkörper auf die Knie.*

ERSTER MANN Auf jede unserer Fragen brechen Sie vornüber zusammen.

Beide Männer richten ihn auf.

ZWEITER MANN Na, was gibt's für Neuigkeiten?

ERSTER MANN Waren Sie dem Wahnsinn nahe oder wo kommen Sie her?

ZWEITER MANN Sind Sie uns nicht gewachsen?

ERSTER MANN Solche Kunden – philosophisch angehauchte Kunden – sind Ihnen vielleicht ein Greuel.

ZWEITER MANN Aber vor einem Auto dieser Preisklasse macht der Sokrates in uns nicht halt. Wir fragen uns ganz allmählich an das Ding – das Objekt heran.

ERSTER MANN Getragen von der Überzeugung: Es wäre schön, mit diesem Auto eine Lücke zu füllen.

ZWEITER MANN Ob es dazu in der Lage ist, kann nur eine Probefahrt mit einem vorher nie zur Probefahrt herangezogenen Exemplar dieser und keiner anderen Klasse erweisen.

ERSTER MANN Wir wollen uns ein im Straßenverkehr völlig unerprobtes, springlebendiges und unberührtes Automobil gefügig machen.

ZWEITER MANN Ein Jungmobil, ein Autofohlen mit all seinen unbändigen Launen und Unbeherrschtheiten.

ERSTER MANN Solch entschiedene Nachdenker als Autofreunde

ZWEITER MANN Zwei ewig Vermutende

ERSTER MANN Sind Ihnen gewiß noch nicht über den Weg –

ZWEITER MANN Sind Ihnen gewiß!

ERSTER MANN Frau? Kind? Kinder?

Der VERKÄUFER *nickt, fällt vornüber, sie richten ihn wieder auf.*

ZWEITER MANN Wo Tochter?

VERKÄUFER Ausland.

ERSTER MANN Ah!

ZWEITER MANN Dollarschwäche.

ERSTER MANN Von wegen.

ZWEITER MANN Nein?

ERSTER MANN Noch längst nicht.

VERKÄUFER Warum Auto?

ERSTER MANN Wie gesagt: Es wäre schön, eine Lücke zu füllen.

ZWEITER MANN Wenn auch nur mit einem Traumschlitten.

ERSTER MANN Ich habe mir da ein Auto in Form eines komfortablen Selbstverschluckers vorgestellt. Davon ist hier leider nichts zu sehen.

VERKÄUFER Woher nehmen Sie die Freiheit zu behaupten, es gäbe hier keinen –

ERSTER MANN Woher ich die Frechheit nehme? Hören Sie! Wie drücken Sie sich aus? Frechheit!

VERKÄUFER Wenn ich Frechheit sagte, meinte ich Freiheit.

ZWEITER MANN Sie meinen Freiheit, wenn Sie Frechheit sagen.

ERSTER MANN Freiheit, wenn es sich um eine Frechheit handelt, nicht wahr.

ZWEITER MANN Sie sagen Freiheit und meinen Frechheit.

ERSTER MANN Jedermann erkennt, daß es sich hier um eine nicht mehr abwinkelbare Beleidigung handelt.

VERKÄUFER Bringen Sie mich nicht in die gemeine Lage, diese verdammte Situation zu durchschauen.

ERSTER MANN Herzlich wenig! Herzlich wenig!

ZWEITER MANN Fleißig sind Sie, fleißig, ja, zum Donnerwetter.

VERKÄUFER Ich halt's nicht aus! Ich halte es nicht aus!

Er läuft hinter eine Tür.

ERSTER MANN Ein den ganzen Nachmittag trübender Augenblick steht nun bevor.

ZWEITER MANN Wir sind auf nichts und niemanden gefaßt.

ERSTER MANN Der Autoverkäufer heutzutage muß stählerne Nerven besitzen.

ZWEITER MANN Ein Kupferschmied muß er sein.

ERSTER MANN Und trotzdem mit der Zeit gehen.

ZWEITER MANN Aber nur ein Weilchen, und dann ab in den Garten der Lüste. Deliziös!

ERSTER MANN Nackt wie Jupiter ohne Gedicht.

ZWEITER MANN Pudelnackt.

ERSTER MANN Nackt bis auf des Pudels Kern.

ZWEITER MANN Bis zu Entkernung ganzer Stadtteile.

ERSTER MANN Entkernung ganzer Pudelrudel.

Der VERKÄUFER *tritt hinter der Tür hervor.*

ZWEITER MANN Sie waren wieder dem Wahnsinn nahe.

VERKÄUFER Ich schalte rein auf Empfangsstation.

ZWEITER MANN Wir haben Sie in eine Erregung versetzt, die jeder Außenstehende für überflüssig halten würde, und Sie behaupten jetzt das klassische Gegenteil.

ERSTER MANN Wenn Sie jemals auch nur annähernd das bekannte Schwert des Damokles über sich verspürt hätten, dann könnten Sie sich vielleicht in die Lage von jemanden versetzen, der unter der Sendekeule des Fernsehsatelliten sein kärgliches Dasein fristet.

ZWEITER MANN Reicht von Kopenhagen bis Triest.

ERSTER MANN Könnten sich also in die Lage von jemandem versetzen, der rettungshalber ein Auto braucht, um entweder über Kopenhagen hinaus oder unter Triest hinweg zu kommen.

VERKÄUFER Wenn Sie sich höflichst an den Anlasser wenden wollen!

ERSTER MANN Den Veranlasser meinen Sie?

VERKÄUFER Den Anlasser!

ZWEITER MANN Den Verursacher von allem und jedem?

ERSTER MANN Wollen Sie bitte hier nicht den metaphysischen Lämmerhirten spielen!

ZWEITER MANN Den lammfrommen Schafskopf!

ERSTER MANN Den schafsköpfigen Kuhtreiber!

ZWEITER MANN Den kuhäugigen Schweineknecht!

ERSTER MANN Den schweinebäuchigen Ochsensepp!

ZWEITER MANN Den ochsbeinigen Ziegenpeter!

VERKÄUFER Sie sind somnambul! Somnambul sind Sie!

ERSTER MANN Ihr Lieblingswort.

ZWEITER MANN Hanseatische Gelassenheit!

ERSTER MANN Was begreiflicherweise nicht mein Fall.

ZWEITER MANN Wenn Sie uns nicht gewachsen sind, genügt ein einziges Flüsterwörtchen, und wir erbitten Ihren Vorgesetzten in gleicher Angelegenheit.

ERSTER MANN Über eines dürfen Sie sich keinen Illusionen hingeben: Ohne Auto tun wir keinen Schritt aus diesem Haus.

ZWEITER MANN Ohne herrliches Auto jedenfalls nicht.

ERSTER MANN Richtig! Erlösende Einschränkung! Das macht die Sache nicht leichter, aber beispielloser.

ZUFLUCHT

Auf der Couch sitzen DER MANN *und* DIE FRAU.

DER MANN Deine Mutter, die sich bei uns einquartiert hat mit einem Strafgefangenen, den sie zuerst betreute und dann zu ihrem Liebhaber machte, diese brave Frau eines evangelischen Pfarrers aus Neckarsulm, die seit einer Woche bei uns ihre Zuflucht fand – ich würde sie einfach gern einmal kennenlernen. Ihr bloß mal guten Tag sagen.

DIE FRAU Ich weiß gar nicht, ob sie irgend jemanden sehen will. Sie ist viel zu verliebt.

DER MANN Aber sie wohnt hier in unserer Wohnung. Sie ist unser Gast. Ich werde sie doch wenigstens einmal zu Gesicht bekommen.

DIE FRAU Sie geht nicht raus aus ihrem Zimmer. Sie liegt den ganzen Tag im Bett mit ihm.

DER MANN Wie ist das überhaupt passiert?

DIE FRAU Sie haben sich eben viele Briefe geschrieben, als er im Knast saß. Erst waren sie höflich und fromm, dann wurden sie immer zärtlicher. Und jetzt ist es eine Leidenschaft.

Der Mann So etwas nennt man Wiedereingliederung, was die beiden da treiben, wie? Weiß dein Vater eigentlich –?

Die Frau Ja weiß er. Er weiß nicht, daß sie hier sind. Aber daß sie zusammen fort sind, das weiß er.

Der Mann Schämst du dich eigentlich ein bißchen?

Die Frau Schämen? *Sie lacht.* Nein. Warum? Ich freue mich doch, daß meine Mutter so glücklich ist.

Der Mann Und dein Vater? Tut er dir nicht leid?

Die Frau Er ist selber schuld. Hätte er nicht all die Jahre seinen säuerlichen Pfaffenmief über uns verbreitet, wäre das gar nicht passiert.

Der Mann Das glaube ich nicht. So etwas passiert nicht aus solch banalen Gründen. Es passiert, basta. Grundlos. Und der Mann, der alte, leidet. Sieh das ein.

Die Frau Du kennst ihn ja nicht. Er ist wie Hiob, der gerne redet. Er ist ein Leidschwätzer.

Der Mann Du bist eine gutartige Frau. Wie kommt auf einmal dies satanische Lustschmunzeln auf deine Lippen?

Der Strafgefangene, *ein schmächtiger Mann mit verwirrtem Kopfhaar, kommt, mit einem großen Handtuch um den Körper geschlagen, aus einer der Sieben Türen.*

Der Strafgefangene Sie haben eben von Hiob gesprochen? Dann lassen Sie mich bitte zitieren: ›Wenn ihr mir doch zuhören würdet, statt mich mit falschen Trosten zu besänftigen.‹ Glauben Sie mir, ich habe das in meiner Zelle gut tausendmal vor mich hin gerufen.
Er setzt sich zwischen die beiden auf die Couch.
Der Mann damals bei dem bekannten Fährunglück im

Ärmelkanal, der sich sofort schuldig erklärte, weil er die Ladeluken nicht rechtzeitig geschlossen hatte, nachdem das Schiff ausgelaufen war, wodurch das Wasser eindrang und die Fähre binnen weniger Minuten zum Kentern brachte – dieser Mann wollte der Schuldige sein, aber die Behörden haben's ihm verwiesen – Staatsanwaltschaft, Reederei, Frachtgesellschaft, sie alle haben sich gegen ihn gestellt, er durfte nicht schuld sein, unfaßbar: er allein? Aber er war es. Sein Versäumnis hat hundertfünfunddreißig Menschen den Tod gebracht. Wie sollte er dafür büßen? Er wollte es aber. Er wollte das Unmaß an Buße ganz alleine tragen. Man darf sich nicht vorstellen, daß es ein schwaches Motiv ist, ein Verbrechen zu begehen, nur um mit der übergeordneten Macht der Strafe in Berührung zu kommen. Auch wenn das heute kaum einer noch zugibt; die meisten sind ja rauhe, durch und durch weltliche Gesellen, die scheinbar nur Strafminderung, Straferlaß im Kopf haben, aber in Wirklichkeit wollen sie nur raus aus dem Knast, um neue kleinere oder größere Straftaten zu begehen – natürlich: um mit der Strafe wieder in Berührung zu kommen. Ich sage Ihnen: Ein Verbrecher ist im Grunde seines Herzens, seinen ganzen Antrieben nach ein Büßermönch, ein Flagellant, ein christlicher Masochist. Er ist überhaupt kein Opfer weder der Gesellschaft noch seiner Erziehung: Er ist ein Strafsüchtiger. Was rede ich da?

Er klopft sich mit beiden Fäusten an den Schädel und hält sie dann vor sein Gesicht. Mein Verstand hat nichts mit uns beiden zu tun, nicht wahr? Er hat etwas Schlechtes an sich. Du armseliger Verstand! Von uns beiden hast du das nicht!

DER MANN *zur* FRAU Was hat er eigentlich angestellt?

DER STRAFGEFANGENE *steht auf der Stelle auf.* Da bin ich doch lieber nicht mehr dabei ...

EINE FRAUENSTIMME *ruft hinter einer Tür: ›Mischa! Mischa!‹ ...*

Wenn über mich gesprochen werden soll, muß man mir das nur sagen: Ich bin sofort verschwunden. *Er geht durch die Tür ab.*

DER MANN Der Zorn hat ihn gepackt.

DIE FRAU Wenn er rot wird, sieht man die Gitterstäbe in seine Stirn gekerbt.

Hinter den Türen Autogeräusche in einem Parkhaus. Es treten auf der LEIBWÄCHTER *und der* PARKWÄCHTER.

DIE WÄCHTER

LEIBWÄCHTER SIE haben einen Leibwächter gesucht?

PARKWÄCHTER Ja.

LEIBWÄCHTER Für sich selber?

PARKWÄCHTER Ja.

LEIBWÄCHTER Darf ich fragen, was für einen Beruf Sie haben?

PARKWÄCHTER Ich bin Parkwächter in diesem unendlich großen Parkhaus.

LEIBWÄCHTER Sie sind ... Parkwächter?

PARKWÄCHTER Jawohl.

LEIBWÄCHTER Und Sie suchen jemanden, der Sie bewacht, während Sie Autos bewachen?

PARKWÄCHTER Nicht nur das. Er soll mich frühmorgens

nach Hause begleiten und abends wieder zur Arbeit. Außerdem sollte er jeweils vor dem Zimmer, in dem ich mich gerade aufhalte, Posten beziehen.

LEIBWÄCHTER Wissen Sie, was das kostet, guter Mann?

PARKWÄCHTER Ich kann es mir vorstellen. Ich habe mich erkundigt.

LEIBWÄCHTER Sie haben sich erkundigt. Einen Totalschutz fordern Sie. Besteht für Sie eine akute Gefahr für Leib und Leben?

PARKWÄCHTER Eine solche Gefahr besteht immer.

LEIBWÄCHTER Bekanntlich. Selbstverständlich. Sie können überfallen, der Parkhauskasse beraubt und niedergeschlagen werden.

PARKWÄCHTER Eben. Und das ist nur ein Beispiel.

LEIBWÄCHTER Entschuldigen Sie: Mit gleichem Recht könnte so gut wie jedermann einen Leibwächter anstellen. Dann wären wir bald soweit, daß jeder etwas schwächere Mensch den nächst stärkeren zu seinem Leibwächter bestellt.

PARKWÄCHTER Dies wäre ein gesellschaftlich gerechtes Gesetz.

LEIBWÄCHTER Ja, dann würde selbst ich mir einen nächststärkeren Leibwächter halten und dieser wiederum würde sich den nächststärkeren suchen ... Mann! Unsere ganze Gesellschaft bestünde sodann aus einer endlosen Staffel von Personenschutz!

PARKWÄCHTER Und am Ende der Staffel – am Ende befände sich dann der erwiesenermaßen Stärkste.

LEIBWÄCHTER Richtig.

PARKWÄCHTER Dann hätte man ihn. Dann hätte man den stärksten Mann auf die natürlichste und gesellschaftlich gerechteste Weise endlich ausfindig gemacht.

Leibwächter Ach hören Sie auf! Unsinn!

Parkwächter Es ist vorstellbar, aber letztendlich nicht durchführbar. Es hieße, die absolute Gerechtigkeit verlangen und an deren unterstem Ende, als deren allerletztes Glied stünde dann ich, denn ich kann nur ein Auto, aber keine Person schützen. Unter mir wäre niemand mehr, unter mir läge die Welt der leeren Autos im Parkhaus.

Leibwächter Um es kurz zu machen: Totaler Personenschutz, rund um die Uhr, nicht wahr, das kostet Sie im Monat einige tausend Mark, mindestens das Doppelte von dem, was Sie verdienen. Im übrigen: Ich bin Angestellter, kommt hinzu Krankenkasse, Sozialversicherung etc. Wir befinden uns hier nicht auf der freien Wildbahn.

Parkwächter Daran soll es nicht fehlen. Es soll Ihnen an nichts fehlen. Ich werde mein Gehalt mit Ihnen teilen.

Leibwächter Ihr Gehalt! Zweitausend netto, wie?

Parkwächter Zweitausendfünfhundert.

Leibwächter Ich höre Ihnen zu, weil ich Mitleid mit Ihnen habe. Eigentlich müßte ich mir sofort das Fahrgeld aushändigen lassen und Sie für Ihre Frechheit büßen lassen. Ich höre Ihnen zu, weil ich mich amüsiere. Und weil Sie mir leid tun.

Parkwächter Auf Ihr Mitleid bin ich freilich angewiesen. Ohne das geht es nicht. Ich habe mir nach dem plötzlichen Tod meines Bruders diese grausam untergeordnete Stellung aufgebürdet. Es bestraft mich ja niemand! Es gibt ja kein Gesetz und keine Herrschaft, die Sühne verlangt! Und wenn es nach dem Allmächtigen gegangen wäre, dann hätte ich mein bewegtes Leben genauso kunterbunt weiterführen können wie vor dem Tod des Bruders. Wenn ich mich nicht selbst aufgerafft hätte, wenn ich mich nicht selbst bestraft hätte mit diesem würdelosen Dienst am parkenden Wagen, glauben Sie mir, es wäre mir nichts, aber auch gar nichts geschehen. Buße? Wird ja nicht verlangt. Früher ging man in Staub und Asche, ich verschlinge diese Abgase hier.

LEIBWÄCHTER Das hört sich ja an, als trügen Sie eine Schuld am Tod Ihres Bruders.

PARKWÄCHTER Das möchte ich meinen. Ich trage sie. Ich habe gewußt, er wird sterben, ich habe es ganz genau gewußt. Und ich hab's ihm nicht gesagt.

LEIBWÄCHTER Das hätte er vielleicht auch nicht gern gehört.

PARKWÄCHTER Doch, doch. Sie kennen meinen Bruder nicht! Der wollte alles wissen, alles ganz genau vorher wissen, es bis aufs I-Tüpfelchen wissen und sich darauf einstellen, ein gottbegnadeter Pedant!

LEIBWÄCHTER Und selber hätt' er's nicht merken können, daß er stirbt, sterben muß, stürbe oder was denn nun?!

PARKWÄCHTER Er hat nichts gemerkt, ich schwör's Ihnen, absolut nichts. Hier in der Kassenkabine stand er und es hat ihn erwischt. Er hat das nackte Stromkabel mit einem Kaffeetropfen am Finger berührt, und tot war er.

LEIBWÄCHTER Aber wie konnten Sie vorher so genau wissen, daß ausgerechnet ein derartiger Unfall passieren würde?

PARKWÄCHTER Weil er eben alles liest. Er mußte einfach alles lesen, was ihm ins Auge fiel. Ich hatte ja dieses kleine Zettelchen mit der winzigen Aufschrift ›Lebensgefahr. Achtung!‹ für ihn angefertigt, mit einem Klebestreifen versehen und dann auf die rohe, neuverlegte Leitung hinter dem Sicherungskasten sozusagen hinaufgehaucht, hinaufflattern lassen. Ich wußte, das wird er lesen, das wird er lesen!

LEIBWÄCHTER Dann haben Sie ihn in den Tod geschickt! Beziehungsweise – langsam! Ad eins: Sie haben sich mitschuldig gemacht am Tod Ihres Bruders. Die Hauptschuld trägt natürlich die Bauleitung, die kein Kabel ungeschützt verlegen darf.

PARKWÄCHTER Natürlich. Das wissen wir ja. Aber mein Verbrechen kann doch nicht darin bestehen, daß ich ihn vorm Tode, vor der Lebensgefahr auch noch warne. ›Lebensgefahr. Achtung!‹, schrieb ich. Mein Verbrechen kann doch einzig darin bestehen, daß ich wußte, er würde sterben und es ihm vorher nicht sagte.

LEIBWÄCHTER Sie hätten gefälligst nichts Klitzekleines hinkritzeln sollen, sondern Sie hätten ein großes Pappschild mit aufgemaltem Totenkopf dorthin hängen müssen.

PARKWÄCHTER Er verstand doch diese Bildzeichen überhaupt nicht. Das war doch unser ewiger Zank. Er konnte sie nicht entziffern. Tausendmal auf die falsche Toilette, Pictogramme, Damen-Herren, hoffnungslos. Verkehrszeichen, sehr schwierig. Er war im Grunde ein Pictolegastheniker. Nur Buchstaben, Buchstaben, Buchstaben, die fraß er in sich hinein. Je kleiner um so lieber. Klein, klitzeklein, pitzelig, kniffelig mußte etwas aussehen, dann machte er sich darüber her. Ein Pedant. Ein Schädel mit zwei gekreuzten Knochen. Den hätte er für eine Warnung vor dem Hunde gehalten und erst recht heruntergerissen. Und wäre nie auf die Gefahr gestoßen worden. Weil er sich nämlich zu Recht veralbert gefühlt hätte.

LEIBWÄCHTER Vorausgesetzt, alles hätte sich in der Reihenfolge so zugetragen, wie Sie es geschildert haben, dies einmal vorausgesetzt, also ad zwei, ich muß das jetzt wirklich genau wissen, in Dreiteufelsnamen, wenn ich das jetzt nicht befriedigend von Ihnen höre, dann haben Sie mich möglicherweise aufs Glatteis geführt, und ich werde Ihnen noch zeigen, was Büßen heißt, wenn also ad zwei nicht zufriedenstellend beantwortet wird, ›Lebensgefahr. Achtung!‹, ja?! Sie müssen mich wirklich nicht in ein Gespräch verwickeln, aus dem Sie uns beide nicht wieder heil herauswickeln können! Warum in Dreiteufelsnamen hätte sich Ihr verfluchter Bruder denn gefreut – ge-freut! – wenn er gewußt hätte, ich sterb', ich werde sterben?

PARKWÄCHTER Weil ihm im Leben nichts eine größere Freude bereitet hätte als zu wissen, daß er mich ins Unglück stürzt. Und sein Tod hat mich sofort ins Unglück gestürzt. Jetzt aber habe ich mich lange genug gegeißelt, erniedrigt und gedemütigt und bin davon derart geschwächt, daß ich ein Recht darauf habe, beschützt zu werden.

LEIBWÄCHTER Bestellen Sie doch beim lieben Gott einen Leibwächter. Der kostet nichts.

PARKWÄCHTER Sie sind der Stärkere. Sie kennen die Verpflichtungen der Brüderlichkeit. Flüchten Sie nicht in blasphemischen Leichtsinn!

LEIBWÄCHTER Wissen Sie, worauf das hinausläuft: Sie betteln mich an!

PARKWÄCHTER Ich leugne es gar nicht. Ich bin arm an

Kräften, Sie reich. Ich bin ein angstgepeitschter, Sie sind ein furchtloser Mann. Solche unterschiedlichen Charaktere sind von Natur her auf Ergänzung angelegt. Sie empfangen durch meine Schwäche eine andauernde Bestätigung Ihrer Stärke. Ich nutze dieselbe.

LEIBWÄCHTER Hören Sie, ich habe Vorstandsvorsitzende, Bardamen, Politiker und Robert Lembke beschützt. Irgendwie muß die betreffende Person mich auch ganz persönlich zum Schützen reizen.

PARKWÄCHTER Ich will mich nicht besonders hervorstreichen, aber ich denke doch, daß ich als ein den Schutzreiz auslösendes Individuum in Frage komme.

LEIBWÄCHTER Sie sind ein Kobold, das sind Sie! Wovor fürchten Sie sich denn so, im besonderen?

PARKWÄCHTER Ich fürchte mich vor jeder Form von Gewalttätigkeit, vor der ich mich schützen lassen könnte. Das heißt: Ich fürchte mich nicht vor Atombomben, Bevölkerungsexplosionen, Meteoren, Virusepidemien und ausgesprochenen Schicksalsschlägen aller Art. Ich fürchte mich zum Beispiel vor einer Schießerei in meiner Gegenwart.

LEIBWÄCHTER Kommt ja wohl nicht alle Tage vor.

PARKWÄCHTER Das Gräßlichste, nicht wahr, wie der Name schon sagt, ereignet sich immer nur einmal. Und dann ist es gut, wenn man eben einen Leibwächter bei sich hat.

LEIBWÄCHTER Sie haben im Grunde genommen bloß das kindische Bedürfnis, sich hinter dem großen Bruder zu verstecken. Der geht Ihnen jetzt ab, das ist alles.

PARKWÄCHTER Nein, nein. Mein Bruder, der war ja gerade der kleine Bruder. Das ist das eigentlich Niederdrückende an der ganzen Geschichte. Er war eben immer der kleine Parkhauswächter. Und ich in meiner Verzweiflung bin hin und her gerannt und habe mich kurzentschlossen auf seinen Platz gesetzt.

LEIBWÄCHTER Und jetzt wollen Sie mir allen Ernstes anbieten, daß ich mich für die Hälfte Ihres Gehaltes –

PARKWÄCHTER Sie teilen ja dann auch die Wohnung mit mir!

LEIBWÄCHTER Hier neben Sie stelle in die Abgasluft und mir die Lunge verpesten lasse?

PARKWÄCHTER Denken Sie auch an die enorme Sicherheit, die Sie dafür einkaufen? Wenn Sie heute einen hochgestellten Politiker beschützen, müssen Sie ständig, fast ununterbrochen mit Attentätern rechnen, die Sie in jeder Sekunde das Leben kosten können. Und Sie in Ihren Jahren werden es sich vielleicht zweimal überlegen, bevor Sie sich vor einen möglicherweise ungeliebten Volksvertreter schmeißen und im Kugelhagel zusammenbrechen. Bei mir hingegen als einem Mann des unscheinbaren Alltagslebens ist für Sie das Risiko, bei einem Attentat umzukommen, außerordentlich gering. Ein Mann wie ich garantiert Ihnen eine, vergleichsweise, berufsbedingte Überlebenschance von achtzig, neunzig, ja fünfundneunzig Prozent. Das müssen Sie sich drastisch vor Augen führen. Dort der beinahe unvermeidliche Kugelhagel, hier die allenfalls fünfprozentige Lebensgefahr. Fünf Prozent, das heißt: inklusive Abgasschäden und möglicher dramatischer Zwischenfall.

LEIBWÄCHTER Ich sage Ihnen klipp und klar: Sie brauchen keinen Leibwächter. Ihnen tut niemand etwas. Sie sind ein armer Frosch! Benehmen Sie sich anständig und es wird Ihnen nichts passieren.

PARKWÄCHTER Einen armen Frosch nennen Sie mich.

Sehr richtig. Ein armer Frosch bin ich auch. So wie ich Ihnen jetzt erscheine. Sie erinnern sich vielleicht, daß der arme Frosch im Märchen gegen die Wand geschmissen wurde und sich in einen Königssohn verwandelte.

LEIBWÄCHTER Soll ich Sie etwa gegen die Wand schmeißen?

PARKWÄCHTER Das ist gar nicht nötig. Sie brauchen nur einen Vertrag mit mir zu schließen und Sie werden sehen, was sich hinter mir verbirgt.

LEIBWÄCHTER Der reiche Onkel aus Amerika? Ja, ja.

PARKWÄCHTER Ich verrate nichts weiter. Sie sind indessen auf der richtigen Spur.

LEIBWÄCHTER Wissen Sie, was sich hinter Ihnen verbirgt? Ich weiß es. Hinter Ihnen verbirgt sich 'ne ganze Organisation von armen Fröschen. Organisierte arme Frösche, zahllose Schwächlinge verbergen sich hinter Ihnen. Sie sind kein Einzelmensch, das habe ich gleich gemerkt. Aber ich bin nicht der dumme Riese für euch, für eine Horde von Feiglingen und Hosenscheißern. Ich bin überhaupt kein Riese und kein frommer Samariter. Ich bin ein Angestellter mit breiten Schultern und geübt im Schußwaffengebrauch. Ich schütze höhergestellte Persönlichkeiten. Ich bin kein Leibwächter für Parkwächter. Dafür bin ich nicht da, dafür bin ich nicht ausgebildet. Selbst wenn mir dreißig Liliputaner monatlich jeder tausend Mark böten, damit ich vor ihrer Höhle Wache hielte, würde ich niemals auch nur einen einzigen Liliputaner beschützen. Ich beschütze keine Liliputaner. Was klein ist, soll sich zusammenrotten und sich selbst beschützen. Was groß ist, steht einzeln da, das ragt hervor, das braucht meinen Schutz.

PARKWÄCHTER Eine solche Moral müßten Sie aber als mein Leibwächter nach und nach ablegen.

LEIBWÄCHTER Ich werde niemals Ihr Leibwächter! Nie, nie, nie!

PARKWÄCHTER Nun haben Sie die erste Probehalbestunde schon hinter sich! Geschafft! Mein Gott, was für eine Erleichterung! Ich bin sehr zufrieden mit Ihnen. Ein anregendes Gespräch ist doch der beste Schutz, den ein Mensch genießen kann ... Sehen Sie: dort! ...

LEIBWÄCHTER Oh Gott! Was ist das? Ein Ungeheuer ... ein Koloß!

PARKWÄCHTER Ja. Ein wirklicher Riese. Sehen Sie nur ... Nicht! Nicht schießen! Er geht. Sehen Sie, er geht ganz von allein. Er muß. Seine Zeit ist um. Und er hat mich nicht gekriegt!

Alle Türen gehen auf. Bürolärm. Telefone schnurren, Computer piepen, Drucker tackern. Von Tür zu Tür kreuzen Angestellte mit Unterlagen und Ausdrucken. Plötzliche Stille. Von hinten hört man jemanden mit einer schweren Last kommen. DER MANN *allein auf der Bühne. Durch eine Tür tritt* DER BOTE *mit einem großen Paket.*

EIN BOTE

DER BOTE Herr Horst Tietze?

DER MANN Ja.

DER BOTE Ich bringe das bewußte Paket.

DER MANN Mir? Ich wußte es! Ein schweres Paket, nicht wahr?

DER BOTE Ja. Ein folgenschweres Paket. *Er schreibt in ein Auftragsheft.* Was sind Sie von Beruf, Herr Tietze?

DER MANN Beruf? Ach, irgendwas.

DER BOTE Haben Sie keinen?

DER MANN Doch, doch. Was bin ich? Wie heißt das gleich? Warten Sie, ich hab's irgendwo aufgeschrieben ...

DER BOTE Lassen Sie nur. Nicht nötig.

DER MANN Die Berufe sehen doch heute alle gleich aus. Jeder schiebt und schaufelt seine Daten. Starrt auf den Auswurf Leuchtschrift, füttert und speichert, was er kann. Das ist es doch, im wesentlichen. *Er stellt sich vor das Paket.* Darin befindet sich also die weltweite Abrüstung?

DER BOTE In diesem Paket befinden sich die wichtigsten Schrauben der beiden Großmächte. Ohne die läuft nichts mehr. Die Sache ist nun in Ihre Hand gegeben.

DER MANN Warum denn ausgerechnet in meine?

DER BOTE Man hat unter hundert Millionen Adressen die Ihre gewählt als die eines der unauffälligsten Menschen der Erde.

DER MANN Wie konnte man in Erfahrung bringen, daß ich einer der Unauffälligsten bin?

DER BOTE Ein solcher Mensch, wie Sie es sind, läßt sich heute mit den Mittel der modernen Technik in weniger als einer halben Sekunde aus der Weltbevölkerung herauspicken.

DER MANN Das hätte ich mir denken können. Ich erkenne die Ironie meines Schicksals. Ich bin in der Weltrangliste der Unauffälligen auf einen der obersten Plätze geraten. Rekord ist Rekord. Das mußte ja einmal auffallen.

DER BOTE Sie bleiben nach wie vor ein anonymer Mensch. Außer mir weiß auf der Erde nur das Programm selbst, wer Sie sind und wo sich das Abrüstungspaket befindet. Ich wiederum befinde mich so fest in den Fängen des Programms, daß Ihr Name und Ihre Adresse auch nicht unter den extremsten Umständen von mir weitergegeben werden können.

DER MANN Was mache ich nun mit dem Paket?

DER BOTE Sie stellen es, verschlossen wie es ist, in Ihren Schlafzimmerschrank. Innerhalb einer noch unbekannten Frist wird es wieder abgeholt und weiterverschickt.

DER MANN Wohin?

DER BOTE Von einem zum anderen.

DER MANN Das bleibt also geheim?

DER BOTE Geheim? Na, was heißt schon geheim. Anonym, würde ich sagen. So anonym wie Sie und ich ...

DER SELBSTMÖRDER UND DAS NICHTS

Im leeren Raum der Sieben Türen stehen sich der SELBSTMÖRDER *und* DAS NICHTS *gegenüber.*

SELBSTMÖRDER Du bist also das Nichts.

DAS NICHTS Und du bist also der Selbstmörder.

SELBSTMÖRDER Und du das Nichts, wie?

DAS NICHTS Tja.

Der SELBSTMÖRDER *bricht in Gelächter aus. Das* NICHTS *muß mitlachen. Der* SELBSTMÖRDER *schlägt dem* NICHTS *auf die Schulter.*

SELBSTMÖRDER Genauso habe ich mir das Nichts vorgestellt! Ein Männlein.

DAS NICHTS Es tut mir leid, wenn ich dich enttäusche.

SELBSTMÖRDER Aber das Nichts, Menschenskind, etwas Großartiges, zumindest doch etwas Unvorstellbares!

DAS NICHTS Ich denke, wir gönnen uns erst mal ein halbes Stündchen, in dem wir uns ein wenig beschnuppern können.

SELBSTMÖRDER Eine unendlich durchschnittliche Begegnung! Damit hatte ich nicht gerechnet. Und mit dir für alle Ewigkeit?

DAS NICHTS Du bist hinüber.

SELBSTMÖRDER Ja. Das merke ich wohl. Ich bin hinüber. Ich kann nicht mehr zurück. Ich kann's nicht noch einmal probieren. Und an eine vorzeitige Trennung von uns beiden ist wohl nicht zu denken, wie?

DAS NICHTS Ich bin dein Nichts und bleibe es.

SELBSTMÖRDER Es könnte der Fall eintreten, daß ich an dir verzweifle.

DAS NICHTS Damit müssen wir beide fertig werden.

SELBSTMÖRDER Aber es ist doch bei Gott nicht einzusehen, daß ein Mann wie ich, eben noch eine tragische Größe, die sich entleibt, nun an ein Wesen gekettet wird, das sich das Nichts nennt und in Wahrheit, von Miene und Statur, mich für die Dauer der Ewigkeit an meinen verschwitzten Labordiener, den Hugenstock, erinnert. Das kann doch nicht alles sein, was das Nichts zu bieten hat!

DAS NICHTS Du solltest dir einmal das Grau-in-Grau an mir etwas feuerroter ausmalen. Du solltest einmal versuchen, in dem, was du an mir so durchschnittlich findest, dein ganz persönliches Strafgericht zu erblikken, vorsichtigerweise.

SELBSTMÖRDER Mit anderen Worten: So wie ich mich mit dir langweilen werde, unaufhörlich und unentrinnbar, das habe ich als mein Purgatorium anzusehen?

DAS NICHTS *kichert* Was für'n Ding?

SELBSTMÖRDER Mein Purgatorium. Sei doch nicht so albern!

DAS NICHTS Entschuldige. Klingt so komisch.
Na gut. Ich verkneif's mir. Verkneif du dir's auch! *Prustet vor Lachen.*

SELBSTMÖRDER Ich frage dich, ob deine Begleitung, du minderbemittelter Wicht, mein Purgatorium ist?

DAS NICHTS *schreit vor Lachen* Ha!

SELBSTMÖRDER Meine Vorhölle! Mein Fegefeuer, wenn du das besser verstehst!

DAS NICHTS *ernst* Da kenn ich mich nicht aus. Da bin ich überfragt.

SELBSTMÖRDER Du bist ungebildet! Das Nichts ist einfältig, katzbucklig, albern, langweilig und ungebildet. Es ist alles mögliche mir Bekannte, nur eines ist es nicht: das große Nichts. Hör zu, es fällt mir nicht leicht, ich war auf etwas Erhabenes gefaßt, ich fühle mich von der Ewigkeit hereingelegt –

DAS NICHTS Jeder bekommt das Nichts, das er verdient.

SELBSTMÖRDER Dann bin ich das Opfer einer Verwechslung! Ich bin der Mann, dem die Elektrographie der Träume gelang. Ich bin als Schlafforscher die Nummer eins gewesen da drüben. Ich bin der Mann, der das TAV entwickelt hat, bis kurz vor seine Vollendung, und es nicht vollenden durfte – nicht wollte!

Das Nichts Ja, aber wer war dieser Hugenstock, dein Labordiener, was war das für einer?

Selbstmörder Mir scheint, du interessierst dich nur für deinesgleichen. Hugenstock wär dir der rechte! Der wär in etwa dein Format! Ich habe eine Anlage entwikkelt, mit der man die Träume des Menschen, seine tiefsten Abgründe hätte aufzeichnen können, sichtbar machen auf dem Videoschirm, speichern, sammeln, wieder abspielen, wie jeden beliebigen Film. Das geht dir wohl über den Verstand? Über den meinen ging es auch . . .

Das Nichts Es ist sehr interessant, was du erzählst. Ich höre dir gern zu.

Selbstmörder Ach, was hast du schon für einen Begriff vom menschlichen Dasein! Der Mensch ist ein Wesen, das sich ernährt, arbeitet und schläft. In groben Zügen ist das jedes Menschen Tagesablauf. Wenn er schläft, träumt er. Jeder tut es. Verstehst du mich?

Das Nichts Ja. Frag mich nur, was Hugenstock für einer war.

Selbstmörder Du quälst mich! Ich versuche dir einen Begriff davon zu geben, was ein forschender, denkender Mensch vollbringen kann, an welch fürchterliche Grenze ein vom Forschungsdrang beseeltes Individuum stößt und weshalb es dann unter unglücklichen Umständen zu jener Tat kommen muß, die ich schließlich zu tun bereit war. Ich versuche dir einen Begriff davon zu geben, daß ich in dem Augenblick, als ich vor meinem Gerät, vor dem Traumadapter, kurz vor seiner Vollendung stand, daß ich in diesem Augenblick der einsamste Mensch auf der ganzen Erde war.

Das Nichts Aber Hugenstock war auch dabei?

SELBSTMÖRDER Hugenstock! Eine bedeutungslose Kreatur! Ein Student! Eine Hilfskraft! Ein Handlanger, dazu noch ungeschickt. Ein Nichts!

DAS NICHTS Besser als niemand.

SELBSTMÖRDER Gut, gut. Wie du meinst. Ich wollte dir nicht zu nahetreten. Setz dich. Mir ist traurig zumute. Du mußt wissen, daß es mir schließlich im Selbstversuch gelang, sämtliche Traumphasen einer Nacht lükkenlos aufzuzeichnen. Ich habe mir die Schlacht am nächsten Morgen angesehen. Mein Freund! Fünf Stunden später war alles vorbei. Aus, zerstört, gelöscht, vernichtet: alles, was die geistig-technische Entwicklung dieser Teufelsmaschine ermöglicht hatte: Software, Hardware und, um ganz sicher zu gehen, die eigene Existenz. Keine Spur mehr unter den Menschen von meinem Traum.

DAS NICHTS *wippt mit dem übergeschlagenen Bein.*

SELBSTMÖRDER Interessiert dich nicht, wie?

DAS NICHTS Doch. Ich bewundere dich. Alle Welt bewundert dich.

SELBSTMÖRDER Ich war die meiste Zeit von Speichelleckern umgeben, die sich bei näherem Hinsehen als Sadisten entpuppten. Davon habe ich genug. Von den ›kleinen menschlichen Schwächen‹, die man so gerne entschuldigt – ich entschuldige sie nicht!

DAS NICHTS Man darf nicht so streng sein. Man muß immer Kompromisse machen, sonst kommt man mit niemandem aus.

SELBSTMÖRDER Ich möchte wirklich wissen, worin die Erlösung vom Leben besteht, wenn ich hier dieselben Phrasen aufgetischt bekomme wie drüben.

DAS NICHTS Du polterst immer noch deine Empörung

gegen den Himmel. Du brauchst nicht mehr nach oben zu gucken. Hier gibt's nur mich. Nichts davor und nichts dahinter. Nichts drüber, nichts drunter. Auch hier kommt niemand mit dem Kopf durch die Wand. Der einzige Unterschied ist der, daß man es hier unendliche viele Male versuchen kann, während drüben –

SELBSTMÖRDER Es muß doch irgend etwas geben, womit wir beide uns beschäftigen können, ohne uns andauernd auf die Nerven zu gehen!

DAS NICHTS Tja. Was gibt es hier sonst? ... Ich meine, es gibt hier im Prinzip nichts anderes, als sich ein bißchen zu unterhalten. Essen, Schlafen, Träumen – fällt alles weg. Was soll man groß tun? Man redet eben miteinander. Ist ja nicht das schlimmste.

SELBSTMÖRDER Die Hölle ist es! Die Hölle!

DAS NICHTS Natürlich, natürlich.

SELBSTMÖRDER Und du wirst mich keinen Augenblick allein lassen?

DAS NICHTS Das kann ich nicht. Das gibt mein Naturell nicht her.

SELBSTMÖRDER Also reden wir. Reden wir und reden. Reden wir bis zum Gehtnichtmehr.

DAS NICHTS Gibt's hier nicht.

SELBSTMÖRDER Dann eben bis zum Wahnsinn!

DAS NICHTS Also wir haben hier eigentlich nur das Immergleiche. Das ist praktisch alles, was ich dir anbieten kann. Wahnsinn und dieser andere Sinn, wie heißt er gleich, der Hm, hm, hm-Sinn.

SELBSTMÖRDER Eigensinn?

DAS NICHTS Nein.

SELBSTMÖRDER Frohsinn, Spürsinn, Scharfsinn, Feinsinn, Leichtsinn, Trübsinn, Gemeinsinn.

Das Nichts Nein, nein. Wahnsinn und – na, komm jetzt nicht drauf. Also das hält sich alles hier nicht auf Dauer. Dafür haben wir einfach nicht das richtige Klima. *Findet das Wort* Größenwahn! Wahnsinn und Größenwahn. Wie gesagt, hält sich hier nicht. Na, das ging ja noch. Kann 'ne halbe Ewigkeit dauern, wenn einem hier mal ein Wort fehlt und man kommt nicht drauf, 'ne halbe Ewigkeit manchmal.

Hochzeitsabend

Sie *sitzt betrübt in ihrem Brautkleid im Sessel.* Er *hat den Anzugkragen hochgeschlagen und tanzt ein wenig vor ihr, um sie aufzuheitern. Über den Türen hängt eine blaßgrüne Papiergirlande.*

Sie Heiterer Abend.

Er Hochzeitstango!

Sie Hochzeit! Kein Mensch. Keine Menschenseele weit und breit.

Er Ja. Das ist doch typisch für uns. Glücklich bis zum Gehtnichtmehr und dann vergessen, jemanden einzuladen.

Sie Es ist an jedem Geburtstag lustiger gewesen. Und die sind jedes Jahr!

Er Du hast ja bald wieder einen.

Sie Keine Eltern, keine Freunde, nicht ein einziger Gast. Warum hast du eigentlich niemanden eingeladen?

Er Ich kenne niemanden. Warum hast du niemanden eingeladen?

SIE Seitdem ich dich kenne, kenne ich ja auch niemanden mehr.

ER Das heißt aber doch: daß wir seit längerer Zeit voll und ganz mit uns selbst beschäftigt waren.

SIE Das heißt es, stimmt.

ER Tut es dir leid?

SIE Nein. Es tut mir nicht leid. Es macht mir auch nichts aus. Falls du das meinst. Ich stehe bloß vor einem Rätsel.

ER *streift mit der Hand über die Girlande.* Ja, was wird das sein? Hängt an der Wand und raschelt leise.

SIE Ein Rätsel ist es mir, daß nicht eine einzige Blume, nicht ein einziges Telegramm, nicht ein einziger Brief angekommen sind. Haben wir denn wirklich gar niemandem gesagt, daß heute Hochzeit ist?

ER Ich habe es niemandem gesagt. Denn ich kenne niemanden.

SIE Daß absolut keiner kommt, das steht auf einem anderen Blatt. Das kann natürlich an uns liegen. Weil wir uns von allen und jedem losgesagt haben.

ER Und weil wir so glücklich waren, daß es den vormaligen Bekannten ein ständiger Dorn im Auge sein mußte.

SIE Aber daß uns niemand was schickt, ist mir ein Rätsel! Hast du vielleicht etwas verschwinden lassen?

ER Ich? Es ist doch gar nichts angekommen. Im Grunde, weißt du, im Grunde ist das doch nur zu typisch für uns. Absolut glücklich und wenn es dann zum Höhepunkt, zum eigentlichen Festtag kommt, blöd dastehen und den Herrgott einen guten Mann sein lassen.

SIE Ein Festtag! Genau. Daß gewisse Bekannte nicht da sind, kratzt mich nicht weiter. Aber ein Fest hätte es schon sein dürfen! Da kann ich uns einen leisen Vorwurf nicht ersparen.

Er Das einzige, was ich noch tun könnte, wäre ein paar Unbekannte von der Straße hereinbitten.

Sie Unbekannte sind selten festlich gestimmt. Die stehen nur dumm herum und glotzen einen an. Das kennt man doch schon von der Straße her.

Er Sobald sie einmal im Haus sind, benehmen sie sich vielleicht nicht mehr ganz so schlimm wie Unbekannte draußen. Ich würde mir zutrauen, sie kurzerhand in eine festliche Stimmung zu versetzen.

Sie Mutest du dir nicht ein bißchen zuviel zu? Du hast dich doch seit Jahr und Tag mit keinem Unbekannten mehr abgegeben.

Er Das stimmt. Ich bin nicht in der Übung, wenn du das meinst. Aber ich habe es in meinem Leben natürlich schon mit vielen Unbekannten zu tun gehabt. Ich habe nicht die schlechtesten Erfahrungen mit ihnen gemacht. Und weiß, wie man sie richtig anpackt.

Sie Irgendwie verstehe ich es trotzdem nicht. Daß aber auch gar kein Anruf kommt. Sieh doch mal nach, ob die Leitung tot ist.

Er *nimmt den Hörer vom Telefon.* Leitung ist nicht tot. Quicklebendig.

Sie Hm. Oder haben wir uns vielleicht im Tag geirrt?

Er Im Hochzeitstag? Wir doch nicht. Die anderen vielleicht. Wir haben doch ganz einfach an dem Tag geheiratet, an dem wir schon immer heiraten wollten.

Sie Nämlich am wievielten?

Er Die Trauung war für heute bestellt und wir sind heute getraut worden.

Sie Heute! Heute! Am wievielten? In der Kirche hing kein Kalender. Der Pfarrer traut, wen er zu Gesicht bekommt. Jeden, der ihm den Finger hinstreckt.

ER Wir wollten am 30. September heiraten und das haben wir getan.

SIE Ist das heute?

ER Tja ... na ja.

SIE Was für ein Wochentag?

ER Das müßte eigentlich ein Samstag sein.

SIE Ist heute Samstag?

ER Hör zu: Ich war gestern beim Friseur. Dort sagte jemand: Es ist Freitag. Danach habe ich mich gerichtet. Und ich sagte: Ich heirate am Wochenende. Darauf ein Riesenhallo unter allen Hauben. Scheren- und Messergeklapper. Na, wer ist denn die Glückliche? Darf man fragen, wohin die Hochzeitsreise geht ...

SIE Am Wochenende ... am Wochenende. Da liegt der Hund begraben! Das sind nämlich zwei Tage. Und heute ist Sonntag, mein Herr Gemahl. Wir sind nämlich am Sonntag getraut worden.

ER Woher weißt du das?

SIE Weil keiner anruft. Alle Welt glaubt doch, wir hätten am Samstag geheiratet, wie's in deinem Kalender steht, und am Sonntag ab in den Honey moon.

ER Aber gestern hat doch auch keiner angerufen.

SIE Gestern, an deinem Hochzeitstag, hast du beim Friseur gesessen. Und ich war noch nicht eingezogen, wie es sich gehört. Gestern haben sie alle, alle angerufen!

ER Es sitzt ein Mann neben dir und sagt laut und vernehmlich, es ist Freitag heute und das war gestern!

SIE Und du glaubst einem hergelaufenen Friseurkunden das Datum? Diese Leute können das Wochenende im einzelnen gar nicht mehr auseinanderhalten. Freitag, Samstag, Sonntag, ein einziger Freizeitbrei.

Er Meinetwegen. Dann haben wir eben einen Tag zu spät geheiratet.

Sie Zu spät?

Er Später als vorgesehen. Das ist doch kein Beinbruch.

Sie Und wie hat das passieren können?

Er Weil wir die ganze Zeit glücklich waren. Vergiß das nicht!

Sie Erstens das. Und zweitens, weil sich der große Schlendrian breitgemacht hat.

Er Aber der große Schlendrian, wenn du ihn schon beim Namen nennst, der hat sich doch nur breitmachen können, weil wir eben unentwegt glücklich waren.

Sie Dafür hat er uns jetzt ganz schön am Schlafittchen. Dafür hat er uns jetzt diesen vollkommen ausgestorbenen Hochzeitsabend beschert. Ohne Blumen. Ohne Gratulation. Ohne Anrufe. Von Gästen ganz zu schweigen.

Er Weißt du, wenn es dir so langweilig ist, warum rufst du nicht jemanden an und läßt dir gratulieren?

Sie Ich? Jemanden anrufen? An meinem Hochzeitstag? Also wenn es in meinem Leben einen Tag gibt, an dem ich einmal die Angerufene sein möchte, dann doch wohl heute. Oder gestern. Wo ich aber – dank seiner! – noch gar nicht verheiratet war und alle Anrufe und telefonischen Glückwünsche an meiner keuschen Abwesenheit abgeprallt sind.

Er Du glaubst also wirklich, daß er es ist, der alle Leute von uns fernhält?

Sie Wer?

Er Der große Schlendrian …

Sie Ja. Daran glaube ich.

Er Hättest du noch Eltern, dann brauchten wir jetzt nicht auf einen Anruf zu warten.

Sie Du willst mir doch nicht vorwerfen, daß meine Eltern nicht mehr am Leben sind?

Er Nichts werfe ich dir vor. Ich habe ja selbst keine mehr.

Sie Daß wir beide Waisen sind, wußten wir vor unserer Heirat. Daran kannst du jetzt nicht herummäkeln.

Er Im Gegenteil. Gerade als beiderseitige Vollwaisen sind wir ja Schritt für Schritt auf eine Heirat zumarschiert. Im vollen Bewußtsein, keine Eltern mehr zu haben, sind wir letzten Endes so überglücklich geworden.

Sie Dann beklag dich nicht. Wir sind verheiratet, und es ist irgendwie verletzend, sich jetzt noch gegenseitig eine Vollwaise zu nennen.

Er Trotzdem sind Eltern ein eiserner Bestandteil eines solchen Tages, dessen Fehlen sich eben deutlich bemerkbar macht.

Sie Nur weil man auf Gottes schöner weiter Welt sonst niemanden mehr kennt und weil man, wenn man sich fragt, wen man zur Hochzeit einlädt, letzten Endes immer wieder auf seine armen toten Eltern stößt!
Du selbst hast dir ja auch nicht gerade ein Bein ausgerissen, um deine Braut feierlich in deinem Haus zu empfangen. Von dir aus steht auch keine Blume hier. Keine Musik. Keine festlich geschmückte Tafel. Kein gar nichts.

Er Du vergißt permanent, daß wir einfach zu glücklich waren – und ich wahrscheinlich in vorderster Linie –, um an dererlei Realitäten überhaupt nur zu denken. Immerhin habe ich mich noch zusammengerissen und diese Girlande aufgehängt. Aber das findet ja weiter keine Beachtung.

Sie Diese Girlande hast du aufgehängt?

Er Diese Girlande habe ich aufgehängt, ja.

Sie Und du glaubst, diese Girlande sehe ich heute zum ersten Mal?

Er Eine solche oder ähnliche Girlande, eine Girlande an sich wirst du wohl schon öfter gesehen haben.

Sie Diese Girlande hast du bereits aufgehängt, als ich meinen ersten Cognac bei dir trank.

Er So? Kann mich nicht erinnern.

Sie Diese Girlande hängst du in schöner Regelmäßigkeit jedesmal auf, wenn dir danach zumute ist. Bei jeder nur annähernd besonderen Gelegenheit.

Er Annähernd besondere Gelegenheiten, die mich zum Aufhängen der Girlande hätten ermuntern können, kann ich in meinem Leben an fünf Fingern abzählen. Meine Geburt, Tod der Eltern, unser Hochzeitstag. Und meinetwegen der erste Cognac, den du bei mir trankst.

Sie Jedenfalls von etwas Einmaligem zeugt diese Girlande nicht.

Er Einmalig wäre es, wenn ich sie augenblicklich herunterrisse.

Sie Nein. Tu das nicht.

Er Ich kann sie nicht mehr sehen . . .

Sie Du hast sie über. Verständlich.

Er Eine Girlande, die man derart in Zweifel zieht, ist in meinen Augen bereits ein Trauerflor. Runter damit!

Sie Nein! Nicht! Sonst haben wir überhaupt keinen Festtagsschmuck mehr. Man kann schließlich das Einmalige an ihr auch darin sehen, daß sie heute genauso wie damals dort hängt, als einzigartige Erinnerung an unser erstes gemeinsames Glas, das ja nicht ganz unschuldig ist an diesem heutigen Tag.

ER Ich muß dir gestehen, ich kann mich einer bis aufs Mark ihres verfehlten Dahängens durchschauten Girlande weder durch die Hintertür von Sentimentalitäten noch auf den Krücken eines mitleidigen Kompromisses wieder nähern – diese Girlande wird nie wieder das, was sie einmal war.

SIE Wir doch auch nicht, Lieber . . .

ER Was soll das heißen? Ich dächte, wir stehen an der Schwelle zu einer umfassenden Lebensgemeinschaft. Ich laß mir doch von einer schlappen Girlande keine symbolische Bedeutung aufdrängen. Wenn dich diese Girlande lediglich an diese selbe Girlande erinnert, so wie sie angeblich zu einem gegebenen Zeitpunkt schon einmal dort hing, dann hat sie ihren heutigen Zweck, nämlich ein frohes Signal für eine nie dagewesene gemeinsame Zukunft zu geben, gründlich verfehlt. Aber gründlich!

SIE Ach, die arme Girlande! Wie unglücklich sie jetzt erst dahängt! Wenn man sie sieht und dich reden hört, könnte man denken, der Haussegen hängt schief.

ER Ich möchte dich bitten, nicht weiter auf ihre scheinheiligen Provokationen einzugehen. Es fällt ihr nur zu leicht, durch die schamlose Zurschaustellung ihres Elends noch Pluspunkte für sich zu machen. Sie ist immer noch imstande, ein paar leicht verführbare Anhänger ihrer verflossenen Symbolik zu finden.

SIE Du bist aber sonderbar streng mit mir heute abend. Solche Töne kenne ich gar nicht von dir.

ER Na, wenn ich –! Ach, dieses Biest!

SIE Wenn du dich schon über eine harmlose Girlande so aufregst, was wirst du erst zu Selma, meiner Schildkröte, sagen, die bring ich schließlich mit ins Haus.

Er Aber die Selma, die liebe ich doch!

Sie Du hast es ja noch nicht erlebt, wenn du morgens verschlafen beim Rasieren stehst und dir kriecht so etwas über die nackten Füße. Da möchte ich dich mal hören!

Er Du mußt doch zugeben: Es besteht ein tiefer Graben zwischen einer Girlande, die sich am Hochzeitstag mit all ihrem Für und Wider wie eine Boa constrictor um zwei angetraute Menschen schlingt, und einer niedlichen Schildkröte, die einem Mann am Waschbecken zart über die Zehen krabbelt.

Sie Ja, natürlich. Du hast recht.
Ich frag mich nur, wie Selma und sie miteinander auskommen werden.

Er Sie? Das fragst du dich ... im Ernst?

Sie Das frag ich mich ganz im Ernst.

Bürolärm. Angestellte kreuzen von einer Tür zur anderen.

Idole

Der Mann *allein auf der Bühne. Aus einer Tür tritt* Das Mädchen.

Das Mädchen Ah! Du bist es!

Der Mann Ich? Nein ... wieso?

Das Mädchen Ich kenne dich doch.

Der Mann Höchstens aus dem Fernsehen. Ich war mal Kandidat beim Thomas Schwarze.

DAS MÄDCHEN *geht in der Innenrunde der Türen. Außen folgt ihr von Scheibe zu Scheibe der Schatten eines Mannes.* Man kann hier einfach keinen Schritt gehen, ohne an Burning Tears zu denken. Es ist eine Tatsache, daß wir alle heillos wie in Raining March herumlaufen. Ausgepumpt und hochaktiv, die reinste Dick Mobby Show. Und was die weitere Aussicht betrifft, ich würde sagen: Peggy Horn, damit ist im Grunde alles gesagt. Ist doch getürkt, das Ganze hier, oder? Läuft irgendwie alles nach dem Motto Falstaff meets Doktor Sauerbruch, wenn ich's richtig verstehe. Ich meine, das klingt jetzt ein bißchen wie Stokely Nightmare, ist aber trotzdem wahr. Die meisten von uns halten sich eben für Samuel Hotchkins und sind in Wirklichkeit doch nur ein mieser kleiner Nick McBone. Wenn sie bloß ein bißchen mehr Liza Battlestrong in den Adern hätten, würde man sie nicht auf den ersten Blick für eine Untergattung der Flower Broker halten. Na ja, kann sich wahrscheinlich nicht jeder so unendlich klar wie Lou in the Sun ausdrücken . . .

Eine Tür geht auf. Ein JUNGER MANN *im Overall erscheint im Gegenlicht und lehnt auffordernd im Rahmen.*

DAS MÄDCHEN *leise zum* MANN Hol mich hier raus! . . . Hilf mir! Ich bin in Wirklichkeit eine kluge Person. Eine Verfasserin von Briefen. Ich kann kartenlesen . . .

Sie verschwindet in der Tür, die der JUNGE MANN *aufhält. Dunkel. Musikeinsatz ›Talking Heads‹. Wenn es wieder hell wird, sitzen* DAS MÄDCHEN *mit einer TWA-Tasche und* DER MANN *nebeneinander auf einer Parkbank in der Mitte der Bühne.*

DER MANN Wie bist du denn an diesen Kerl geraten?

DAS MÄDCHEN Der Mark, der war mal der Leibfotograf

des Drummers von Talking Heads. Kommt sprichwörtlich direkt vom Hof der Könige. Anfangs war's die ganz große Liebe, aber dann war er versucht, etwas aus mir zu entwickeln. Ich war ja noch viel zu jung und hab alles mit mir machen lassen. Der hat auch mein ganzes Geld angelegt. Ich hab Aktien von Siemens und Daimler. Muß mich mal erkundigen, wie ich da jetzt rankomme. Nee. Nie wieder. So eine Schinderei wie das! Das kam eben nur, weil mein Freund, der Andreas, ist mir plötzlich verschwunden. Das ist mir früher schon mal passiert. Plötzlich fahren sie irgendwohin, mit irgendwem, und man findet sie nie wieder. Meine Freundin hat zum Beispiel ein Kind mit einem Ägypter. Fünf Jahre blieb er bei ihr und hat sich gekümmert. Und dann eines Tages war er fort. Hat nichts mehr von sich hören lassen. Sie hat ihn überall gesucht, Kairo und in seinem Heimatdorf, Anzeige aufgegeben, Polizei eingeschaltet, pipapo, nichts. Einen Ägypter kriegen Sie sowieso nie wieder.

DER MANN Was machen wir jetzt?

DAS MÄDCHEN Weiß nicht. Sagen Sie mal was. Haben Sie denn 'ne Ahnung vom Geldanlegen?

DER MANN Nein. Ich habe Sie eigentlich nur da rausholen wollen.

DAS MÄDCHEN Na klar. Jetzt kann ich ja sehen, wo ich bleibe.

DER MANN Wie alt bist du?

DAS MÄDCHEN Neunzehn.

DER MANN Und deine Eltern?

DAS MÄDCHEN Die sind nicht daran interessiert, was ich mache.

Du hast mir das Leben gerettet.

DER MANN Übertreib mal nicht.

DAS MÄDCHEN Ehrlich, doch. Ich wär glatt verreckt da drin.

DER MANN Ich muß nach Hause. Meine Frau wartet auf mich.

DAS MÄDCHEN Warum gehen wir nicht in ein Hotel. Ich möchte mich irgendwie bedanken bei dir.

Lichtwechsel. Alle Türen auf. Geräusche und Gemurmel einer Abendgesellschaft im Hintergrund. Es wird wieder hell, und die Parkbank, auf der eben noch DER MANN *und* DAS MÄDCHEN *saßen, ist nun ausgezogen: Es sitzen mindestens acht weitere Personen darauf, z. T. in Theaterkostümen. Von links nach rechts:* DIE FRAU, *die beiden Dominikanermönche* BRUDER JOHANN *und* BRUDER FERDY, DAS MÄDCHEN, COLOMBINE, DIE INTERVIEWERIN, DIE ZUFRIEDENE, KAISER JULIAN, DER MANN, DER LEISE.

AUF DER LANGEN BANK

DAS MÄDCHEN *zum vier Plätze entfernt sitzenden* MANN Zwei Nächte, ein Tag. Erste Nacht, erster Tag, zweite Nacht. Und jetzt? Schlechtes Gewissen, wie? Wär besser nicht passiert?

DER MANN Weiß nicht.

DAS MÄDCHEN Weißt du nicht. Hm. *Sie holt aus ihrer TWA-Tasche eine Flasche Wein, gießt sich in einen Pappbecher und trinkt.*

DER MANN Was heißt ›passiert‹?

Das Mädchen Eben.

Bruder Johann *zeigt* Bruder Ferdy *ein Foto.* Das ist: wo wir aus der Hölle springen. Mächtige Schwefelsäule. Drachengeifer.

Bruder Ferdy *sieht apathisch auf das Bild und gibt es weiter; es wandert durch die Reihe hin und zurück.*

Der Mann *seufzt* Ach je.

Das Mädchen Seltsames Gefühl, wie?

Der Mann Tja. Seltsam.

Das Mädchen Mein Gott!

Der Mann Und du?

Das Mädchen Ich? Ich bin traurig. Richtig schön schwer traurig.

Der Mann Hm. Verstehe.

Das Mädchen Ach, das verstehst du? Gut, gut. *Sie trinkt.* Trotzdem. Danke. Es war wahnsinnig schön.

Der Mann Mein Gott! Warum ist das alles so kompliziert?

Das Mädchen Nein, wirklich: Danke! Ich hab so was noch nie erlebt. Ich bin – ich war dir sehr nah. Ich finde das gar nicht so kompliziert. Ich bin dir ganz furchtbar nah. Das ist doch sehr einfach, wie?

Der Mann Ja, schon.

Das Mädchen Aber?

Der Mann Du machst einen Menschen auch nicht glücklicher.

Das Mädchen Ja, war denn das nichts? Du!

Der Mann Psst! Nicht so laut.

Das Mädchen Waren das etwa sechsunddreißig verlorene Stunden? Sag mir!

Bruder Johann Hier siehst du: Es ging steil hinab. Dort unten gurgeln die Trägen und die Analphabeten im

Schlamm. Drumherum standen die Pferde mit den erloschenen Mond-Bläh-Augen ... *Er gibt das Foto weiter.*

KAISER JULIAN Mich kann man noch ärgern mit solchen Bildern. Mich kann man damit noch in Wut versetzen. Ich bin einer der letzten, der mit solchen Abbildungen auf Kriegsfuß steht.

DIE INTERVIEWERIN *hält das Mikrofon der* ZUFRIEDENEN *unters Kinn.* Und Sie sind?

DIE ZUFRIEDENE Ich heiße Henriette Rombach, bin 29 Jahre alt, von Beruf Chemielaborantin, nicht verheiratet, lebe in einer Zweieinhalbzimmerwohnung im Haus meiner Eltern. Meine Hobbys sind Reisen, Tiere, Geschichte und wie man sieht, gehe ich gern ins Theater.

COLOMBINE *beugt sich zum Mikrofon.* Ich heiße Colombine, bin vierhundertdreizehn Jahre alt, ebenfalls unverheiratet. Ich liebe Strohhüte, Intrigen und klapperndes Teegeschirr.

DIE FRAU Ich frage dich, ich lasse nicht locker, ich frage: Was tust du? Was tust du mit mir?

DER MANN Ich will meines Wegs gehen. Was ist daran ein Verbrechen?

DIE FRAU Alles!

DIE INTERVIEWERIN Thema Geschichte. Kaiser Julian ...

KAISER JULIAN Geschichte? Nein. Nichts geschieht, alles ist.

DIE INTERVIEWERIN Aber die Menschheit hat sich doch seit den Tagen Ihrer Regentschaft gewaltig verändert –

KAISER JULIAN Menschen sollten nicht von Menschheit sprechen. Davon verstehen sie nun wirklich nichts. Was noch?

DIE INTERVIEWERIN *blättert in ihrem Block.* Ich ... ich weiß nicht ... ich habe nichts weiter notiert ...

Kaiser Julian Was noch? Fragen! Fragen! Sonst kann ich nicht sprechen! Wollt ihr mich auf halbem Wege verdursten lassen?!

Die Interviewerin Um Himmels willen, weiß denn niemand mehr den Kaiser Julian irgend etwas zu fragen?!

Bruder Johann Wir könnten ihn einiges fragen. Es wäre uns ein Leichtes. Wir denken aber nicht daran, es zu tun. Soll er doch auf glühendem Rost verschmoren, Heidenkaiser! Ungefragt auf alle Ewigkeit!

Kaiser Julian Alles Göttliche liegt über uns alle verstreut! Hört auf zu quälen, ihr Fotografierer!

Colombine Warum fragen Sie überhaupt, wenn Sie Genaueres gar nicht wissen wollen?

Die Interviewerin O bitte! ... ich frage und frage, um niemals antworten zu müssen.

Das Mädchen und andere Wer sind Sie? Wer sind Sie eigentlich?

Die Interviewerin Nein! Nicht! Nicht mich fragen! Nicht!

Der Leise Ich bin ein Mensch, der niemals an sich halten kann. Ein Energiebolzen. Ein geballtes Kraftpaket voll Wille und Vorstellung. Ich bin eine ganze stichelnde, gehässige Abendgesellschaft in einer Person.

Das Mädchen Du könntest dir wenigstens meine Telefonnummer aufschreiben.

Der Mann Ich habe nichts zum Schreiben dabei.

Sie holt einen Filzstift aus ihrer Tasche und reicht ihn durch die Reihe.

Das Mädchen Schreib sie dir aufs Handgelenk. Sieben sieben drei. Eins drei. Fünf acht.

Der Leise Hoffentlich hält's.

Colombine *zu* Bruder Ferdy Haben Sie eigentlich auch so eine Kunst-Heilige bei Ihren Heiligen? Ich meine so eine, der zeigst du ein Schmuckstück oder ein Kunstwerk, und wenn sie anfängt zu weinen, ist es echt. Weint sie nicht, ist's bloß Tinnef.

Die Interviewerin *zur* Zufriedenen Sie sagten vorhin, Sie leben allein?

Die Zufriedene O ja!

Die Interviewerin Entschuldigen Sie, wenn ich da nachhake. Hat es sich nicht anders ergeben oder wollten Sie es so, wie es ist?

Die Zufriedene Ich komme eben besser zurecht, wenn ich allein bin. Ich habe mehr vom Leben, wenn ich unabhängig bin.

Die Interviewerin Aber immer ganz still am Abend, kein Wort mit irgendwem?

Die Zufriedene Oh, ich kann mit allen Dingen sprechen und alle Dinge mögen mich. Ich bin nicht ungeschickt, ich mache nichts kaputt. Ich habe noch nie eine Vase fallen lassen oder einen Teller. Es ist mir eigentlich noch nie etwas kaputtgegangen. Ich bin glücklich – nein, ich bin sehr zufrieden. Das ist es wohl. Wenn ich glücklich wäre, dann würde mir bestimmt manchmal etwas hinfallen.

Der Mann Ist es hart für dich jetzt?

Die Frau Wie fragst du?!

Der Mann Nur so.

Bruder Ferdy Das kann doch nicht alles gewesen sein ...

Bruder Johann *sieht unruhig die Bilder durch.* Nicht alles? Was denn noch? Was willst du noch sehen? Hier, bitte, das besessene Pferd, die zerrissenen Vögel, die giftgelben Philosophen, die zerflossenen Augen, was denn noch? Hier stürzen die Türme. Hier die Stunde Null.

Dunkel

ANHANG

Zwei zusätzliche Szenen für die Stockholmer Fassung von SIEBEN TÜREN

Die Ledertasche

für Luc Bondy

In einer Lederwarenboutique am Rande einer belebten Einkaufspassage. Drei Kundinnen, *die einander zuschmunzeln, während der* Verkäufer *hinter dem Tisch in einem Abstieg zum Kellerlager verschwindet und von unten heraufspricht. Zwei* Polizistinnen *stehen als Wachdienst gerade und ungerührt rechter- und linkerseits des Tischs. Sie tragen weiße Blusen, Käppis, dreiviertellange Röcke und einen Revolvergürtel um die Hüfte geschnallt. Sie lächeln und suchen sich mit den Augen, ohne die Haltung zu verändern.*

Der Verkäufer Sie wollen medium, es gibt aber nur noch small ... Ich bin noch ganz verwirrt. Eben der Anruf, meine Freundin kommt in die Wehen, morgen kriegt sie ein Kind. Und mein Kollege, der mich vertreten soll, will ins Theater! Small, ich habe nur noch die kleine Taschengröße. Small, alles small. Verdammt nochmal! Ein Kind ist schließlich wichtiger als ein Theaterstück. Ich verstehe das nicht, wie kann man nur so unkollegial sein? Eine verdammte Unordnung herrscht hier unten! Sie kennen mein Leben nicht! Sonst wüßten Sie, woran ich arbeite wie ein Besessener! Seitdem ich von zuhause weg bin, seit frühester Jugend, im Grunde seit dem ersten Gedanken, den ich überhaupt gefaßt habe – ist mir alles gegeneinander in die Quere gekommen. Sortiere, sortiere!, ruf ich mir zu, wo ich geh und steh, sortiere, sortiere!, das ist mein Daseinsruf! *Er kommt aus dem Abstieg hervor.*

Nehmen Sie das Ausstellungsstück, die Tasche dort im Regal, die ist medium, ich fette sie ein, dann ist sie wie neu. Sie alle drei wollen die gleiche Tasche? Wer war zuerst da?

ZWEITE KUNDIN Die Dame, die zuerst da war, hat die Tasche erst gewollt, nachdem ich mich für sie interessierte.

DRITTE KUNDIN Und ich war gestern bereits hier, als ihr Kollege im Laden war, und hatte mich so gut wie entschieden für die Tasche.

ERSTE KUNDIN Aber Sie haben sie nicht für sich reservieren lassen!

DRITTE KUNDIN Das konnte ich nicht. Denn ich wollte es mir noch einmal überlegen, ich wollte noch einmal darüber schlafen, wie ich es praktisch vor jeder Anschaffung tue. Der kleinsten wie der größten.

DER VERKÄUFER *zur* ERSTEN POLIZISTIN Wer hat nun ein Anrecht auf die Tasche?

ERSTE POLIZISTIN Das können wir nicht entscheiden.

ZWEITE POLIZISTIN Wir sind Ordnungshüterinnen und keine Rechtssprecherinnen.

DER VERKÄUFER Das heißt: wenn ich die Tasche an die meistbietende Dame verkaufe, würden Sie einschreiten?

ZWEITE POLIZISTIN Auf der Stelle.

ERSTE POLIZISTIN Wir müßten Sie anzeigen.

DER VERKÄUFER Keine der Damen möchte sich mit der

kleineren Ausführung desselben Modells zufriedengeben, von denen ich ein halbes Dutzend zur Verfügung hätte. Keine der drei Damen hat sich aber bis jetzt für das verstaubte Ausstellungsstück mit den Gerbfehlern entscheiden können. Wie soll es weitergehen?

DRITTE KUNDIN Ich würde es nehmen mit Nachlaß!

ERSTE KUNDIN Ich auch!

ZWEITE KUNDIN Ich nehme es so.

DER VERKÄUFER *zu den* POLIZISTINNEN Was soll ich tun?

ZWEITE POLIZISTIN Geben Sie es der Dame, die es nimmt, wie es ist.

ERSTE POLIZISTIN Das hättest du nicht sagen dürfen! . . .

DER VERKÄUFER *zur* ZWEITEN KUNDIN Gut, nehmen Sie es, und die Sache ist ausgestanden.

ERSTE KUNDIN *zur* ZWEITEN KUNDIN Ich gratuliere. Sie haben mich um das schönste Geburtstagsgeschenk für meine gelähmte Tochter gebracht.

DRITTE KUNDIN Ich fasse sehr schwer einen festen Entschluß. Das ist mir geblieben von einer Nervenkrise, die ich einmal hatte. Ich dachte, ich könnte bei dieser Tasche damit beginnen, meine Entschlüsse wieder etwas fester zu fassen. Jetzt haben Sie mich um Jahre zurückgeworfen.

ZWEITE KUNDIN Also gut. Ich verzichte. Ich nehme sie auch nur mit Nachlaß.

DER VERKÄUFER Ich gebe keinen Nachlaß. Niemandem von Ihnen wird ein Nachlaß gewährt. Ich könnte es gar nicht verantworten. Ich vertrete hier irgendeinen Geschäftsinhaber, den ich persönlich gar nicht kenne. *Zu den* POLIZISTINNEN Kennen Sie ihn eigentlich?

ZWEITE POLIZISTIN Natürlich kennen wir ihn.

Erste Polizistin Ja, ein freundlicher Mann.

Der Verkäufer Würde er etwas dagegen haben, wenn ich Nachlaß gewähre?

Erste Polizistin Darüber dürfen wir keine Auskunft geben.

Zweite Polizistin Das wissen Sie doch.

Der Verkäufer Sehen Sie, meine Damen, mit diesen schönen Schutzengeln verbringe ich nun meine Tage und kann ihnen doch, wenn's drauf ankommt, keinen nützlichen Ratschlag entlocken. Etwa einen solchen, der zur Verhütung einer strafbaren Handlung diente. Sie schreiten erst ein, wenn es schon zu spät ist.

Zweite Kundin Warten wir. Wir werden von selbst zu einer Lösung finden.

Erste Kundin Ja. Warten wir. Lassen wir die Situation auf uns einwirken.

Dritte Kundin Prüfen wir unsere echten Wünsche.

Erste Kundin Und Träume.

Der Verkäufer Ich sehe inzwischen noch einmal genau im Lager nach ...

Zweite Kundin Sie wollen verschwinden, Sie wollen ab durch den Keller zu Ihrer Freundin, die in den Wehen liegt!

Zweite Polizistin Das kann er nicht!

Erste Polizistin Der Keller hat keinen Ausgang.

Erste Kundin Bleiben Sie doch in Ruhe hier. Lassen Sie uns ganz ruhig bleiben.

Dritte Kundin Es wird mein schönster Einkauf. Ganz ohne Eile, ohne Hast.

Zweite Kundin Und ohne Ware. Möglicherweise. Wenn Sie die Tasche nicht kriegen sollten.

DRITTE KUNDIN Nun gut. Aber auch dann ist es ein lohnendes Stündchen gewesen.

ZWEITE KUNDIN *zur* ERSTEN KUNDIN Warum wollen Sie die Tasche eigentlich?

ERSTE KUNDIN Ich will Sie nur, weil Sie sie wollen. Das haben Sie bereits messerscharf erkannt.

ZWEITE KUNDIN Ist das eine besondere Beziehung, die Sie zu mir aufbauen über die Tasche, also ich meine, ein Trieb?

ERSTE KUNDIN Ja, ein Trieb.

ZWEITE KUNDIN Ach so.

ZWEITE POLIZISTIN Mir ist etwas eingefallen. Ich wüßte, wie –

ERSTE POLIZISTIN Kätzchen, bitte halte den Mund!

ERSTE KUNDIN Der Verkäufer ist verschwunden.

ZWEITE KUNDIN Er grämt sich im Keller.

DRITTE KUNDIN Er wartet auch nur, bis ihm etwas einfällt.

ERSTE KUNDIN Jemand müßte ihn morgen vertreten, wenn sein Kind zur Welt kommt.

ZWEITE KUNDIN Sein Kind? Ein Kind. Seine Freundin bekommt ein Kind, hat er gesagt. Nicht seine Frau und nicht sein Kind, sagte er.

ERSTE KUNDIN Ich könnte mir vorstellen, daß mir nichts mehr an der Tasche läge, wenn ich sie vom Platz des Verkäufers aus einen ganzen Tag lang vor der Nase hätte. Ich würde sie vermutlich ohne feuchte Wimpern an eine von Ihnen beiden verkaufen.

ZWEITE KUNDIN Die Ware ändert ihr Gesicht, wenn man sie vom Platz des Verkäufers betrachtet. Das ist richtig. Aber ich würde doch versuchen, sie zum Nettoladenpreis mit nach Hause zu nehmen.

ERSTE KUNDIN Sie würden den Verkäufer in seiner Schwierigkeit nur vertreten, um die Tasche noch billiger zu bekommen?!

DRITTE KUNDIN Wenn ich den Verkäufer vertreten würde, damit er sich um die Geburt eines ihm nahestehenden Kindes kümmert, dann würde ich sofort den Preis der Tasche heraufsetzen, so daß für mich gar nicht mehr dran zu denken ist.

ZWEITE POLIZISTIN Ich muß es sagen, ich muß. Ich weiß doch, wie! ...

ERSTE POLIZISTIN Willst du deinen Posten verlieren? Willst du deine hübsche kleine Stelle verlieren, Kätzchen?

DER VERKÄUFER *kommt aus dem Abstieg heraus.*

DER VERKÄUFER Ich habe noch eine large gefunden. Ist jemand daran interessiert?

Ausrufe von ZWEITER POLIZISTIN *und* KUNDINNEN *›Ach!‹, ›Oje!‹*

ZWEITE KUNDIN Die käme ja wohl nur für eine von uns infrage.

ERSTE KUNDIN Und wen bitte?

ZWEITE KUNDIN Immer, wer fragt.

ERSTE KUNDIN Tragen Sie die mal, wenn sie voll ist!

ZWEITE KUNDIN Machen wir uns nichts vor: die dicke Tasche wird es nicht werden.

DRITTE KUNDIN Ich liebe es, keine Lösung zu finden. Alles bleibt in der Schwebe. Ein angenehmes Gefühl.

DER VERKÄUFER *wirft die große Tasche nach unten.*

ZWEITE KUNDIN Der Tag vergeht, der Ladenschluß rückt näher, und morgen sind wir wieder da.

DER VERKÄUFER Morgen?

ZWEITE KUNDIN Was würden Sie sagen: wir kommen

morgen her und vertreten Sie, damit Sie Ihrer Freundin bei den Geburtswehen beistehen können? Wir werden uns einen ganzen Tag lang die Tasche einmal aus Ihrer Perspektive ansehen.

DRITTE KUNDIN Sie haben doch sicherlich nicht das geringste Interesse an ihr, an dem Ding?

DER VERKÄUFER Ich persönlich nicht, nein. Aber es muß schon was dran sein an dem Ding, meine Freundin z.B. –

ZWEITE POLIZISTIN Ja! Ja! Ja!

ERSTE POLIZISTIN *stampft mit dem Fuß auf* Liebling!

ZWEITE POLIZISTIN Aber seine Freundin wollte sie doch so gerne haben! Wie oft ist sie hergekommen, hat die Tasche angehimmelt, hat sie gestreichelt, in den Arm genommen, aber Sie haben es nicht bemerkt, Sie sind immer so hart gewesen zu ihr wegen des Kinds, und jetzt schenken Sie ihr die Tasche, schenken Sie ihr endlich die wunderschöne Tasche, ich bitte Sie, die Gelegenheit ist da: ein Kind kommt zur Welt!

ERSTE POLIZISTIN *geht zur* ZWEITEN POLIZISTIN Bitte, gib mir deine Waffe und deinen Ausweis.
Die Sache ist entschieden. Sie können gehen, meine Damen. Der Verkäufer kauft die Tasche als Geschenk für seine Freundin zum Nettoladenpreis. Der Wachdienst wird umbesetzt. Das Geschäft bleibt morgen geschlossen ... Haben Sie das gewollt? Ich frage Sie: haben Sie das gewollt?

Die Kundinnen wenden sich ab und verlassen betrübt den Laden.

Jeannine

Zwei Männer, Vertreter entgegengesetzter Verhandlungsdelegationen, spazieren in der Mittagspause durch eine Parkanlage.

Erster Mann *holt ein Foto aus seiner Brieftasche.* Sehen Sie, das ist meine Tochter Jeannine.

Zweiter Mann Ich kann aber nichts erkennen auf dem Foto.

Erster Mann Wie? Aber Sie sehen doch: die Kleine da ist meine Kleine.

Zweiter Mann Ich sehe nichts.

Erster Mann *nimmt das Foto wieder an sich.* Geben Sie her. Was für eine Rohheit muß ein Mensch besitzen, der sich so schlecht benimmt.

Zweiter Mann Sie zeigen mir ein Foto, auf dem ganz und gar nichts zu sehen ist.

Erster Mann Wollen Sie mich zum Narren halten? Dies hier ist mein geliebtes Kind. Das sehen Sie doch wohl.

Zweiter Mann Es ist nicht einmal in Umrissen zu erkennen.

Erster Mann *holt ein anderes Foto aus der Brieftasche.* Und was ist das?

Zweiter Mann Das ist das Empire State Building.

Erster Mann Aha. Blind sind Sie also nicht.
Ich frage mich wirklich, weshalb ich ausgerechnet mit Ihnen durch diesen Park gehe.

Zweiter Mann Sie werden schon Ihre Gründe haben.

Erster Mann Und welche, bitte sehr?

ZWEITER MANN Es ist eine Verhandlungspause und Sie wollen vermutlich die Gelegenheit nutzen, mir, einem Mann von der Gegenseite, von Mensch zu Mensch zu begegnen. Das ist ganz normal.

ERSTER MANN Was Sie von einer solchen Geste halten, haben Sie mich deutlich spüren lassen.

ZWEITER MANN Wenn Sie mir ein schwarzes Foto, kohlrabenschwarz, unter die Nase halten, dürfen Sie sich nicht wundern, wenn ich nicht auf Sie zukomme.

ERSTER MANN Hören Sie auf! Sie zermürben mich. Gehört das neuerdings auch zur Verhandlungstaktik Ihrer Leute, wie?

ZWEITER MANN Ich möchte nicht wissen, was Sie anstellen würden, wenn jemand von uns auf den unterschwelligen Trick verfiele, Ihnen ein Schwarzfoto zu zeigen und es für das Liebste, was er hat auf der Welt, auszugeben. Sie, die ohnehin unentwegt behaupten, wir hätten keinerlei Augenmaß und überhaupt keine Augen im Kopf!

ERSTER MANN Herr Siel, ich schwöre Ihnen: ich sehe mein Kind!

ZWEITER MANN Sicherlich. Das entspricht ja Ihrer Haltung, die Sie auch am Verhandlungstisch an den Tag legen. Sie gehen von Einbildungen aus statt von Tatsachen.

ERSTER MANN Aber Sie sind es doch, der hier den Tatbestand meiner Tochter von der Hand weisen will, glattweg leugnet.

ZWEITER MANN Hören Sie, Fenn, nutzen wir die Verhandlungspause. Gehen wir, schnuppern wir ein bißchen frische Luft, und bitte, zeigen Sie mir ein vernünftiges Foto von Ihrer Tochter.

ERSTER MANN Warten Sie. Ich muß noch ein anderes bei mir haben. Ja, hier ist es . . . Da ist sie noch sehr klein, ich meine, fast noch ein Baby . . . Nein! Ich zeige es Ihnen nicht.

ZWEITER MANN Her damit!

ERSTER MANN Bitte, zerreißen Sie es nicht! Zerreißen Sie es nicht! Es ist nicht allzuviel zu erkennen darauf, etwas nachgedunkelt, und sie war noch so klein . . .

ZWEITER MANN *reicht nach einem flüchtigen Blick das Foto zurück.*

ERSTER MANN Wie? Was meinen Sie? Ich sage Ihnen doch, es ist ein viel schlechteres Foto als das andere . . . aber in Umrissen, in Umrissen werden Sie das Kind doch wohl erkennen, nicht wahr?

ZWEITER MANN Fenn, Sie führen in der Mittagspause einen psychologischen Kleinkrieg gegen mich.

ERSTER MANN Lassen Sie uns lieber auseinandertreten, bevor es zu spät ist. Sie schießen sich auf das Liebste ein, was ich hab auf der Welt.

ZWEITER MANN Selbst Ihr eigenes angebliches Kind ist Ihnen nicht zu schade, um es im Rahmen eines groben gefühlspolitischen Täuschungsmanövers zu mißbrauchen.

ERSTER MANN Und mit Ihnen soll ich in eine sachliche Verhandlung zurückkehren!

ZWEITER MANN Keine Sorge. Ich bleibe gänzlich unbeeinflußt von Ihrem massiven Versuch einer Bewußtseinsverdunkelung.

ERSTER MANN Eines will ich Ihnen sagen: ich setze mich erst wieder mit Ihnen an einen Tisch, wenn Sie sich bereiterklären, das lichtbildliche Inerscheinungtreten meiner kleinen Jeannine anzuerkennen.

ZWEITER MANN Falls Sie tatsächlich ein Töchterchen haben und falls es sich dabei um ein Wesen handelt, das sich auf fotografische Weise abbilden läßt, so meine ich, brauchen Sie mir lediglich ein vernünftiges Foto von ihr zu zeigen und die Verhandlungen können unverzüglich wieder beginnen.

ERSTER MANN Das ist bereits geschehen.

ZWEITER MANN Keine Rede davon.

ERSTER MANN Merken Sie eigentlich nicht, wie grausam Sie sind? Stellen Sie sich einmal vor, die Kleine wäre hier und müßte miterleben, wie Sie so tun, als sähen Sie sie gar nicht! So ein Kind hat es doch schon schwer genug, sich im Leben zurechtzufinden. Und dann kommen Sie her und belasten es obendrein noch damit, daß Sie an seiner Existenz zweifeln.

ZWEITER MANN Wenn Ihre Tochter hier neben Ihnen stünde, brauchten wir kein Wort über sie zu verlieren.

ERSTER MANN Natürlich nicht! Sie würden sie nämlich gar nicht wahrnehmen! Wahrscheinlich sind Sie kinderblind. Wo ein gesunder Mensch ein Kind sieht, sehen Sie bloß einen schwarzen Fleck.

ZWEITER MANN Wenn ich kinderblind bin, dann handeln Sie mit Scheinkindern, mein Herr.

ERSTER MANN Als Unmensch sind Sie natürlich nicht in der Lage, den Menschen neben sich, geschweige denn ein Kind, auch nur in groben Umrissen zu erkennen. Das will mir wohl einleuchten.

ZWEITER MANN Mit dem Unmenschen haben Sie soeben deutlich eine Grenze überschritten!

ERSTER MANN Ich kann, was Ihr Verhalten meinem Kind gegenüber betrifft, Sie nur als einen Unmenschen betrachten. Anders bringe ich es logisch nicht zusammen.

Zweiter Mann Sie wissen genau, welche unguten Gespenster Sie mit dem Wort vom Unmenschen an die Wand malen. Auch ein Privatgespräch unter vier Augen berechtigt Sie nicht, die Grenzen des politischen Anstands zu verletzen.

Erster Mann Ich kann in einem Gespräch unter vier Augen, von denen zwei nicht zurechnungsfähig sind, im Grunde jedes beliebige Gespenst an die Wand malen, es gibt gar keine Grenzen, insofern es keine Zeugen gibt.

Zweiter Mann Jetzt ist der Punkt erreicht, wo Sie Ihr wahres Gesicht zeigen und ich den Protokollführer rufen muß.

Erster Mann Wollen Sie damit sagen, daß Sie bereit sind, die offiziellen Verhandlungen wieder aufzunehmen, ohne irgendein Thema auszuklammern, also auch unter Einbeschluß des gesamten Jeannine-Komplexes?

Zweiter Mann Dazu bin ich nicht nur bereit, dazu fühle ich mich verpflichtet. In einem Fall wie diesem, in dem die eine Seite, nämlich Sie, unter Einsatz massiver privatpolitischer Druckmittel ihre Ziele verfolgt, ist es nahezu ausgeschlossen, den geistig-seelischen vom sachlichen Teil unserer Auseinandersetzungen abzukoppeln. Das Ganze kann und darf nur als ein Paket verhandelt werden.

Erster Mann Vollkommen einverstanden. Es wäre auch absurd, an den Verhandlungstisch zurückzukehren und so zu tun, als hätte dieses Gespräch im Park nicht stattgefunden.

Zweiter Mann Als hätten Sie nicht versucht, uns mit privaten Schwarzfotos hinters Licht zu führen.

Erster Mann Als hätten Sie nicht versucht, unsere liebsten Lichtbilder anzuschwärzen!

ZWEITER MANN Ich meine, wir sollten beide unsere Delegationen umgehend von diesem ernsten Vorfall unterrichten. Ihr Versuch einer unterschwelligen Irreführung –

ERSTER MANN Ihr Versuch einer brutalen Kindesverleugnung –

ZWEITER MANN Ihr Versuch einer Persönlichkeitsspaltung des politischen Gegners, kurz, alle diese Versuche lassen sich nicht geheimhalten.

ERSTER MANN Man würde sie uns anmerken.

ZWEITER MANN Höchstwahrscheinlich würde man hinter unserem Rücken zu tuscheln beginnen und sich fragen, was zum Teufel hat sich zwischen unseren Verhandlungsleitern abgespielt?

ERSTER MANN Sie haben ganz recht. Man muß den Leuten auf beiden Seiten reinen Wein einschenken.

ZWEITER MANN Wo wollen Sie den hernehmen?

ERSTER MANN Lassen Sie nur. Ich habe meine Fotos in der Hand.

ZWEITER MANN Ich habe meine Augen im Kopf.

ERSTER MANN Wissen Sie, Herr Siel, wenn dieser Park hier eine menschenleere Insel im Indischen Ozean wäre und wir beide allein wie Robinson und Freitag, dann könnten Sie sogar auf die Dauer mit Ihren finsteren Methoden Erfolg haben. Irgendwann würde ich wahrscheinlich sagen: Ach, was soll's. Mir doch egal. Ich sehe was, was du nicht siehst. Basta. Aber hier, mitten in einer modernen Gesellschaft, wo ich bloß an der nächsten Ecke jemandem meine Bilder zu zeigen brauche, und schon hab ich recht …

ZWEITER MANN Versuchen Sie's doch. Sie werden sich wundern. Im übrigen: in einer paritätisch besetzten

Kommission sehen die Dinge noch einmal ganz anders aus. Ich gehe davon aus, daß sich meine Leute geschlossen auf den Standpunkt der Vernunft stellen werden, während ich vermuten darf, daß sich Ihre Interessenvertretung, wie üblich, ausnahmslos hinter der Blende der Unvernunft und der Illusionen verschanzen wird.

ERSTER MANN Dann darf ich Sie fragen: sehen Sie überhaupt Möglichkeiten für einen Kompromiß?

ZWEITER MANN Ich könnte mir vorstellen, daß wir Ihnen sehr weit entgegenkommen und uns die Auffassung zu eigen machen, daß auf Ihren Fotos früher einmal so etwas wie ein wirkliches Kind zu sehen war.

ERSTER MANN Damit würden wir uns unter gar keinen Umständen zufrieden geben. Wir könnten Ihnen maximal einen fünfprozentigen Vergilbungsabzug einräumen.

ZWEITER MANN Wir gehen vom totalen Schwarz aus. Selbst unter Aufbietung unserer empfindlichsten Vorstellungsreserven würden wir äußerstenfalls bis zur Grenze des blassen Schimmers vorstoßen. Dort wäre die Schmerzgrenze erreicht. Mehr ist nicht drin. Das sollten Sie wissen.

ERSTER MANN Nun gut. Ich sehe jetzt, in welche Richtung Sie marschieren. Sie können sich denken, daß ich wie ein Löwe kämpfen werde, um mein Kind heil an Haupt und Gliedern aus dieser nächsten Runde herauszubringen.

AUFFÜHRUNGSVERZEICHNIS

BESUCHER, *Komödie*
Uraufführung: Münchner Kammerspiele am 6. Oktober 1988
Regie Dieter Dorn

DIE ZEIT UND DAS ZIMMER
Uraufführung: Berliner Schaubühne am Lehniner Platz am 8. Februar 1989
Regie Luc Bondy

SIEBEN TÜREN, *Bagatellen*
Uraufführung: Stadttheater Stockholm am 20. November 1988
Regie Jan Maagaard